문학사상 30주년기념출판

한국대표시인 101인선집

백 석

유학 시절의 백석

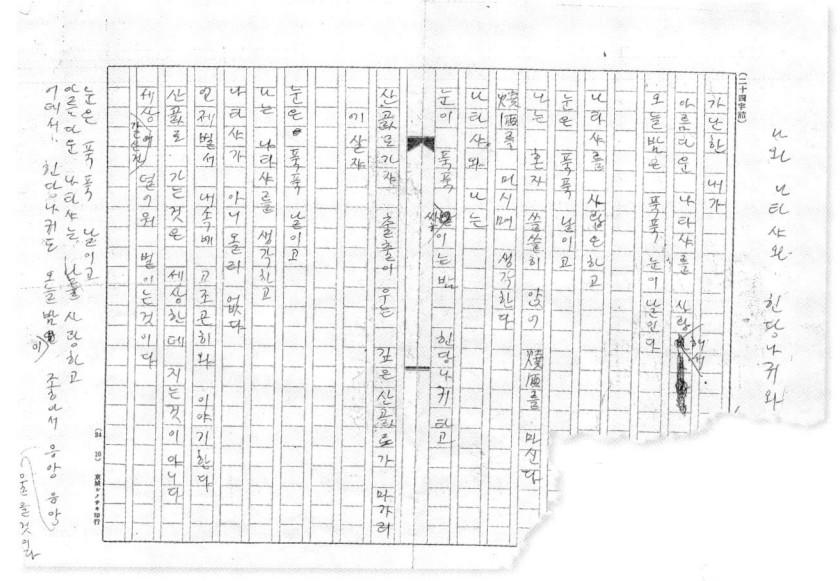

▲ 〈나와 나타샤와 흰 당나귀〉 육필원고

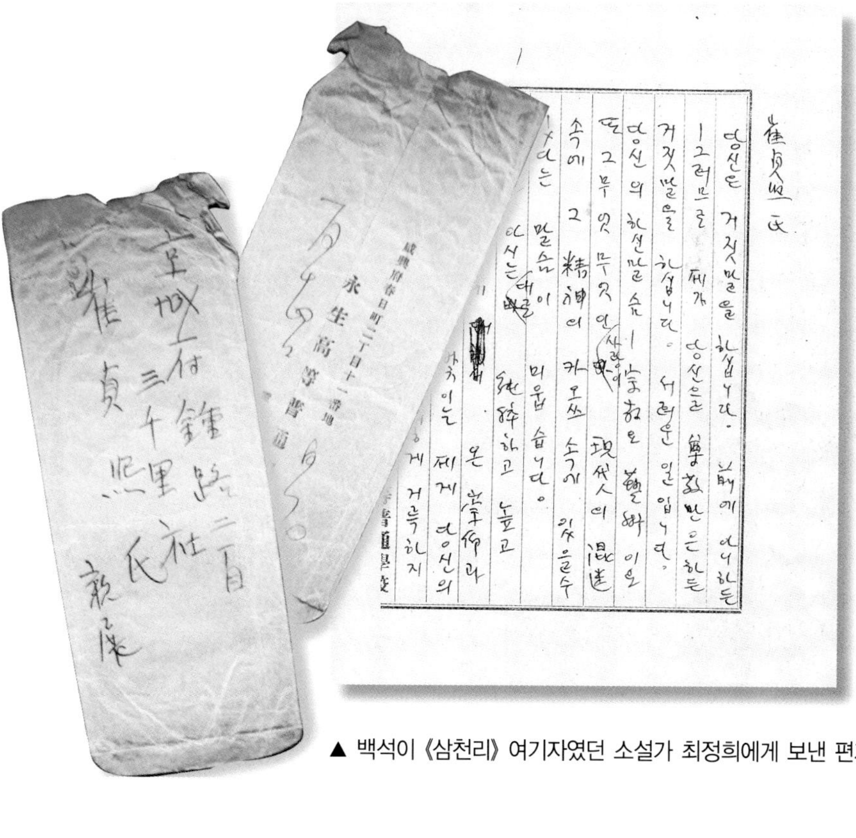

▲ 백석이 《삼천리》 여기자였던 소설가 최정희에게 보낸 편지

▲ 백석이 연인 자야와 함께 살았던 청진동 옛집

▲ 영생고보 교사 시절의 백석

▲ 《조선일보》 근무 시절. 뒷줄 오른쪽 네번째가 백석. 앞에 앉아 있는 이는 《조선일보》 방응모 전 사장이다.

문학사상 30주년기념출판

한국대표시인 101인선집

백 석

문학사상사

시문학의 르네상스를 지향하며…

한국대표시인 101인선집 간행의 말씀

인류는 아득히 먼 옛날부터 언어의 탄생과 더불어 가장 아름답고 감동적인 원초적 예술인 시(詩)를 꽃피워왔습니다. 그리하여 시는 어느 때, 어느 곳에서나 인간의 정신과 삶을 순화하고 풍요롭게 하며, 이상(理想)을 지향하는 정신적 영양소로 애송되어 왔습니다.

더욱이 다정다감하고 예술적인 정서와 재능이 풍부한 우리 겨레에게 시는 인간다운 삶을 구가하는 예술혼의 정화로서, 일제의 강점기와 같은 수난기에도 나라를 사랑하는 마음을 시로써 불태우며 겨레의 가슴마다 희망과 용기에 찬 민족혼을 일깨워왔습니다.

또한 8·15 광복 후의 혼란을 겪고 6·25 동란으로 폐허가 된 이 땅에 불사조의 넋처럼 잿더미에서 일어나, 선진국의 대열에 서게 한 기적을 낳게 한 것도, 아름답고 인간적인 삶을 희구하는 시 정신이 다른 어느 민족보다 강렬했기 때문이 아니겠습니까.

그러나 안타깝게도 오늘날 우리 사회는 가치관의 혼돈과 무질서가 휩쓸고, 부정과 부패가 판을 치는가 하면, 만인의 만인에 대한 극한의 투쟁이 소용돌이치는 삭막한 풍토에서 헤어나지 못하고 있습니다.

그 같은 풍요 속의 비극은 많은 원인이 있겠으나, 무엇보다도 황금만능의 사조에 사로잡혀, 소중한 정신적 유산인 시를 사랑하며 시 정신을 소중히 여기는 전통을 잊어가고 있기 때문이라고 하겠습니다. 그러므로 메말라가는 시 정신을 불러일으켜 겨레마다 시를 사랑하는 시혼(詩魂)을 고취하는 노력은 무엇보다도 소중하고 보람 있는 시대적 사명이며 문학적 과제라고 믿고 싶습니다.

이에 한국문학의 발전을 위한 향도적 사명을 다하기 위해 30년의 열성과 노력을 기울여온 문학사상사는, 2002년 창사 30주년을 맞이하여, 시문학의 르네상스를 지향하는 일이야말로 오늘의 가장 중요하고 시급한 국민적 과제의 하나라고 믿으며, 뜻을 같이하는 편찬위원들의 협조를 얻어, 한국대표시인 101인선집을 간행하기로 결정했습니다.

이 시선집은 한국 신시 100년을 집대성하는 한국 출판 사상 일찍이 시도되지 못했던 시청각을 통한 입체적인 감상을 돕게 함으로써, 한국 시문학사에 커다란 발자취를 남긴 대표시인 101인의 작품과 그 업적을 자자손손에 전하며 기리고자 합니다. 이 간행의 뜻을 혜량하여 전 시단과 독자 여러분의 적극적인 성원과 지원을 기대해 마지않는 바입니다.

(주)문학사상 대표 임홍빈
편찬위원(김남조, 김재홍, 오세영, 이승훈, 최동호)

차례

한국대표시인 101인선집 간행사 | 7

작품론/ 백석 시의 정신사적 의미 · 이숭원 | 263

작가론/ 백석과 장소사랑의 드라마 · 박태일 | 274

찾아보기 | 286

백석 연보 | 304

작품 연보 | 306

사슴

얼룩소 새끼의 영각

고방 | 19

가즈랑집 | 20

여우난골족(族) | 22

모닥불 | 24

오리 망아지 토끼 | 25

고야(古夜) | 26

돌덜구의 물

초동일(初冬日) | 31

하답(夏沓) | 32

주막(酒幕) | 33

적경(寂境) | 34

미명계(未明界) | 35

성외(城外) | 36

추일산조(秋日山朝) | 37

광원(曠原) | 38

흰 밤 | 39

노루

청시(青柿) | 43

산(山)비 | 44

쓸쓸한 길 | 45

자류(柘榴) | 46

머루밤 | 47

여승(女僧) | 48

수라(修羅) | 49

비 | 50

노루 | 51

국수당 넘어

절간의 소 이야기 | 55

통영(統營) | 56

오금덩이라는 곳 | 57

시기(柿埼)의 바다 | 58

정주성(定州城) | 59

창의문외(彰義門外) | 60

정문촌(旌門村) | 61

여우난골 | 62

삼방(三防) | 63

백석 시선

연자간 | 67

통영(統營) | 68

오리 | 70

탕약(湯藥) | 72

창원도(昌原道) | 73

통영(統營) | 74

고성가도(固城街道) | 75

삼천포(三千浦) | 76

북관(北關) | 77

노루 | 78

고사(古寺) | 79

선우사(膳友辭) | 80

산곡(山谷) | 82

이두국주가도(伊豆國湊街道) | 83

바다 | 84

추야일경(秋夜一景) | 85

산숙(山宿) | 86

향악(鄕樂) | 87

야반(夜半) | 88

백화(白樺) | 89

나와 나타샤와 흰 당나귀 | 90

석양 | 91

고향 | 92

절망 | 93

외갓집 | 94

개 | 95

내가 생각하는 것은 | 96

내가 이렇게 외면하고 | 97

삼호(三湖) | 98

물계리(物界里) | 99

대산동(大山洞) | 100

남향(南鄕) | 101

야우소회(夜雨小懷) | 102

꼴뚜기 | 103

가무래기의 낙(樂) | 104

멧새 소리 | 105

넘언집 범 같은 노큰마니 | 106

박각시 오는 저녁 | 108

동뇨부(童尿賦) | 109

안동(安東) | 110

함남도안(咸南道安) | 111

구장로(球場路) | 112

북신(北新) | 113

팔원(八院) | 114

월림(月林)장 115

수박씨, 호박씨 | 116

북방(北方)에서 | 118

허준(許俊) | 120

《호박꽃 초롱》서시 | 122

귀농(歸農) | 124

국수 | 126

흰 바람벽이 있어 | 128

촌에서 온 아이 | 130

조당(藻塘)에서 | 132

두보(杜甫)나 이백(李白)같이 | 134

목구(木具) | 136

산(山) | 137

적막강산 | 138

마을은 맨천 구신이 돼서 | 139

칠월백중 | 140

남신의주 유동 박시봉방(南新義州 柳洞 朴時逢方) | 142

동화시

집게네 네 형제 | 147

쫓기달래 | 153

오징어와 검복 | 158

개구리네 한솥밥 | 168

귀머거리 너구리 | 183

산골 총각 | 191

어리석은 메기 | 205

가재미와 넙치 | 212

나무 동무 일곱 동무 | 218

말뚱굴이 | 237

배꾼과 새 세 마리 | 241

준치 가시 | 247

수필

편지 | 253

가재미 · 나귀 | 256

소월(素月)과 조 선생(曺先生) | 258

일러두기

1. 맞춤법과 띄어쓰기는 방언을 의식적으로 사용한 백석의 뜻을 살려 가급적 원본 그대로 두었다.

2. 의미가 어려운 방언의 경우 찾아보기를 통해 독자의 이해를 돕도록 했다.

《사슴》

얼룩소 새끼의 영각

고방

　낡은 질동이에는 갈 줄 모르는 늙은 집난이같이 송구떡이 오래도록 남어 있었다

　오지항아리에는 삼춘이 밥보다 좋아하는 찹쌀탁주가 있어서
　삼춘의 임내를 내어가며 나와 사춘은 시큼털털한 술을 잘도 채어먹었다

　제삿날이면 귀머거리 할아버지 가에서 왕밤을 밝고 싸리꼬치에 두부산적을 꿰었다

　손자 아이들이 파리 떼같이 모이면 곰의 발 같은 손을 언제나 내어둘렀다

　구석의 나무말쿠지에 할아버지가 삼는 소신 같은 짚신이 둑둑이 걸리어도 있었다

　옛말이 사는 컴컴한 고방의 쌀독 뒤에서 나는 저녁 끼때에 부르는 소리를 듣고도 못 들은 척하였다

가즈랑집

승냥이가 새끼를 치는 전에는 쇠메 든 도적이 났다는 가즈랑고개

가즈랑집은 고개 밑의
산(山) 너머 마을서 도야지를 잃은 밤 즘생을 쫓는 깽제미 소리가 무서
웁게 들려오는 집
닭 개 즘생을 못 놓는
멧도야지와 이웃사춘을 지나는 집

예순이 넘은 아들 없는 가즈랑집 할머니는 중같이 정해서 할머니가 마
을을 가면 긴 담뱃대에 독하다는 막써레기를 몇 대라도 붙이라고 하며

간밤엔 섬돌 아래 승냥이가 왔었다는 이야기

어느메 산(山)골에선간 곰이 아이를 본다는 이야기

나는 돌나물김치에 백설기를 먹으며
옛말의 구신집에 있는 듯이
가즈랑집 할머니
내가 날 때 죽은 누이도 날 때
무명필에 이름을 써서 백지 달어서 구신간시렁의 당즈깨에 넣어 대감
님께 수영을 들였다는 가즈랑집 할머니
언제나 병을 앓을 때면

신장님 단련이라고 하는 가즈랑집 할머니
구신의 딸이라고 생각하면 슬퍼졌다

토끼도 살이 오른다는 때 아르대즘퍼리에서 제비꼬리 마타리 쇠조지
가지취 고비 고사리 두릅순 회순 산(山)나물을 하는 가즈랑집 할머니를
따르며
나는 벌써 달디단 물구지우림 둥굴네우림을 생각하고
아직 멀은 도토리묵 도토리범벅까지도 그리워한다

뒤우란 살구나무 아래서 광살구를 찾다가
살구벼락을 맞고 울다가 웃는 나를 보고
미꾸멍에 털이 몇 자나 났나 보자고 한 것은 가즈랑집 할머니다
찰복숭아를 먹다가 씨를 삼키고는 죽는 것만 같어 하루종일 놀지도 못
하고 밥도 안 먹은 것도
가즈랑집에 마을을 가서
당세 먹은 강아지같이 좋아라고 집오래를 설레다가였다

여우난골족(族)

명절날 나는 엄매 아배 따라 우리집 개는 나를 따라 진할머니 진할아버지가 있는 큰집으로 가면

얼굴에 별자국이 솜솜 난 말수와 같이 눈도 껌벅거리는 하루에 베 한 필을 짠다는 벌 하나 건너 집엔 복숭아나무가 많은 신리(新里) 고무 고무의 딸 이녀(李女) 작은 이녀

열여섯에 사십(四十)이 넘은 홀아비의 후처가 된 포족족하니 성이 잘 나는 살빛이 매감탕 같은 입술과 젖꼭지는 더 까만 예수쟁이마을 가까이 사는 토산(土山) 고무 고무의 딸 승녀(承女) 아들 승(承)동이

육십리(六十里)라고 해서 파랗게 뵈이는 산을 넘어 있다는 해변에서 과부가 된 코끝이 빨간 언제나 흰옷이 정하든 말끝에 섧게 눈물을 짤 때가 많은 큰골 고무 고무의 딸 홍녀(洪女) 아들 홍(洪)동이 작은 홍(洪)동이

배나무 접을 잘하는 주정을 하면 토방돌을 뽑는 오리치를 잘 놓는 먼섬에 반디젓 담그려 가기를 좋아하는 삼춘 삼춘엄매 사춘누이 사춘동생들이 그득히들 할머니 할아버지가 있는 안간에들 모여서 방 안에서는 새옷의 내음새가 나고

또 인절미 송구떡 콩가루차떡의 내음새도 나고 끼때의 두부와 콩나물과 뽂운 잔디와 고사리와 도야지비계는 모두 선득선득하니 찬 것들이다

저녁술을 놓은 아이들을 외양간섶 밭마당에 달린 배나무동산에서 쥐잡이를 하고 숨굴막질을 하고 꼬리잡이를 하고 가마 타고 시집가는 놀음 말 타고 장가가는 놀음을 하고 이렇게 밤이 어둡도록 북적하니 논다

밤이 깊어가는 집 안엔 엄매는 엄매들끼리 아르간에서들 웃고 이야기

하고 아이들은 아이들끼리 웃간 한 방을 잡고 조아질하고 쌈방이 굴리고 바리깨돌림하고 호박떼기하고 제비손이구손이하고 이렇게 화디의 사기 방등에 심지를 몇 번이나 돋구고 홍게닭이 몇 번이나 울어서 졸음이 오면 아릇목싸움 자리싸움을 하며 히드득거리다 잠이 든다 그래서는 문창에 텅납새의 그림자가 치는 아침 시누이 동세들이 우적하니 흥성거리는 부엌으론 샛문틈으로 장지문틈으로 무이징게국을 끓이는 맛있는 내음새가 올라오도록 잔다

모닥불

새끼 오리도 헌신짝도 소똥도 갓신창도 개니빠디도 너울쪽도 짚검불도
가락잎도 머리카락도 헌겊 조각도 막대꼬치도 기왓장도 닭의 깃도 개터
럭도 타는 모닥불

재당도 초시도 문장(門長) 늙은이도 더부살이 아이도 새 사위도 갓사둔
도 나그네도 주인도 할아버지도 손자도 붓장사도 땜쟁이도 큰개도 강아
지도 모두 모닥불을 쪼인다

모닥불은 어려서 우리 할아버지가 어미아비 없는 서러운 아이로 불상
하니도 몽둥발이가 된 슬픈 역사가 있다

오리 망아지 토끼

오리치를 놓으려 아배는 논으로 나려간 지 오래다

오리는 동비탈에 그림자를 떨어트리며 날아가고 나는 동말랭이에서 강아지처럼 아배를 부르며 울다가

시악이 나서는 등 뒤 개울물에 아배의 신짝과 버선목과 대님오리를 모다 던져버린다

장날 아츰에 앞 행길로 엄지 따러 지나가는 망아지를 내라고 나는 조르면

아배는 행길을 향해서 크다란 소리로

— 매지야 오나라

— 매지야 오나라

새하려 가는 아배의 지게에 지워 나는 산(山)으로 가며 토끼를 잡으리라고 생각한다

맞구멍 난 토끼굴을 내가 막어서면 언제나 토끼새끼는 내 다리 아래로 달어났다

나는 서글퍼서 서글퍼서 울상을 한다

고야(古夜)

아배는 타관 가서 오지 않고 산비탈 외따른 집에 엄매와 나와 단둘이서 누가 죽이는 듯이 무서운 밤 집 뒤로는 어느 산골짜기에서 소를 잡어먹는 노나리꾼들이 도적놈들같이 쿵쿵거리며 다닌다

날기멍석을 쪄간다는 닭 보는 할미를 차 굴린다는 땅 아래 고래 같은 기와집에는 언제나 니차떡에 청밀에 은금보화가 그득하다는 외발 가진 조마구 뒷산 어느메도 조마구네 나라가 있어서 오줌 누러 깨는 재밤 머리맡의 문살에 대인 유리창으로 조마구 군병의 새까만 대가리 새까만 눈알이 들여다보는 때 나는 이불 속에 자즐어붙어 숨도 쉬지 못한다

또 이러한 밤 같은 때 시집갈 처녀 막내 고무가 고개 너머 큰집으로 치장감을 가지고 와서 엄매와 둘이 소기름에 쌍심지의 불을 밝히고 밤이 들도록 바느질을 하는 밤 같은 때 나는 아릇목의 삿귀를 들고 쇠든밤을 내여 다람쥐처럼 발가먹고 은행여름을 인두불에 구어도 먹고 그러다는 이불 위에서 광대넘이를 뒤이고 또 누어 굴면서 엄매에게 웃목에 두른 평풍의 새빨간 천두의 이야기를 듣기도 하고 고무더러는 밝는 날 멀리는 못 난다는 뫼추라기를 잡어달라고 조르기도 하고

내일같이 명절날인 밤은 부엌에 쩨듯하니 불이 밝고 솥뚜껑이 놀으며 구수한 내음새 곰국이 무르끓고 방 안에서는 일가집 할머니가 와서 마을의 소문을 펴며 조개송편에 달송편에 죈두기송편에 떡을 빚는 곁에서 나는 밤소 팥소 설탕 든 콩가루소를 먹으며 설탕 든 콩가루소가 가장 맛있다

고 생각한다

　나는 얼마나 반죽을 주무르며 흰가루손이 되어 떡을 빚고 싶은지 모른다

　섣달에 내빌날이 들어서 내빌날 밤에 눈이 오면 이 밤엔 쌔하얀 할미귀신의 눈귀신도 내빌눈을 받노라 못 난다는 말을 든든히 여기며 엄매와 나는 앙궁 위에 떡돌 위에 곱새담 위에 함지에 버치며 대냥푼을 놓고 치성이나 드리듯이 정한 마음으로 내빌눈 약눈을 받는다 이 눈세기물을 내빌물이라고 제주병에 진상항아리에 채워두고는 해를 묵여가며 고뿔이 와도 배앓이를 해도 갑피기를 앓어도 먹을 물이다

돌덜구의 물

초동일(初冬日)

흙담벽에 볕이 따사하니
아이들은 물코를 흘리며 무감자를 먹었다

돌덜구에 천상수(天上水)가 차게
복숭아낡에 시라리타래가 말러갔다

하답(夏畓)

짝새가 발뿌리에서 날은 논드렁에서 아이들은 개구리의 뒷다리를 구어
먹었다

개구멍을 쑤시다 물쿤하고 배암을 잡은 늪의 피 같은 물이끼에 햇볕이
따그웠다

돌다리에 앉어 날버들치를 먹고 몸을 말리는 아이들은 물총새가 되
었다

주막(酒幕)

호박잎에 싸 오는 붕어곰은 언제나 맛있었다

부엌에는 빨갛게 질들은 팔(八)모알상이 그 상 위엔 새파란 싸리를 그린
눈알만한 잔(盞)이 뵈였다

아들 아이는 범이라고 장고기를 잘 잡는 앞니가 뻐드러진 나와 동갑이
었다

울파주 밖에는 장군들을 따러와서 엄지의 젖을 빠는 망아지도 있었다

적경(寂境)

신 살구를 잘도 먹드니 눈 오는 아침
나어린 아내는 첫아들을 낳았다

인가(人家) 멀은 산(山) 중에
까치는 배나무에서 즞는다

컴컴한 부엌에서는 늙은 홀아비의 시아부지가 미역국을 끓인다
그 마을의 외따른 집에서도 산국을 끓인다

미명계(未明界)

자즌닭이 울어서 술국을 끓이는 듯한 추탕(鰍湯)집의 부엌은 뜨수할 것
같이 불이 뿌연히 밝다

초롱이 히근하니 물지게꾼이 우물로 가며
별 사이에 바라보는 그믐달은 눈물이 어리었다

행길에는 선장 대여가는 장꾼들의 종이등(燈)에 나귀 눈이 빛났다
어데서 서러웁게 목탁(木鐸)을 뚜드리는 집이 있다

성외(城外)

어두워오는 성문(城門) 밖의 거리
도야지를 몰고 가는 사람이 있다

엿방 앞에 엿궤가 없다

양철통을 쩔렁거리며 달구지는 거리 끝에서 강원도(江原道)로 간다는 길
로 든다

술집 문창에 그느슥한 그림자는 머리를 얹혔다

추일산조(秋日山朝)

아츰볕에 섶구슬이 한가로이 익는 골짝에서 꿩은 울어 산(山)울림과 장
난을 한다

산(山)마루를 탄 사람들은 새꾼들인가
파아란 한울에 떨어질 것같이
웃음소리가 더러 산(山) 밑까지 들린다

순례(巡禮)중이 산(山)을 올라간다
어젯밤은 이 산(山) 절에 재(齋)가 들었다

무리돌이 굴러나리는 건 중의 발굼치에선가

광원(曠原)

흙꽃 이는 이른 봄의 무연한 벌을
경편철도(輕便鐵道)가 노새의 맘을 먹고 지나간다

멀리 바다가 뵈이는
가정거장(假停車場)도 없는 벌판에서
차(車)는 머물고
젊은 새악시 둘이 나린다

흰 밤

옛 성(城)의 돌담에 달이 올랐다
묵은 초가지붕에 박이
또 하나 달같이 하이얗게 빛난다
언젠가 마을에서 수절과부 하나가 목을 매여 죽은 밤도 이러한 밤이었다

노루

청시(靑柿)

별 많은 밤
하누바람이 불어서
푸른 감이 떨어진다 개가 짖는다

산(山)비

산(山)뽕잎에 빗방울이 친다
멧비둘기가 난다
나무등걸에서 자벌기가 고개를 들었다 멧비둘기 켠을 본다

쓸쓸한 길

거적장사 하나 산(山) 뒷 옆비탈을 오른다
아— 따르는 사람도 없이 쓸쓸한 쓸쓸한 길이다
산(山)가마귀만 울며 날고
도적갠가 개 하나 어정어정 따러간다
이스라치전이 드나 머루전이 드나
수리취 땅버들의 하이얀 복이 서러웁다
뚜물같이 흐린 날 동풍(東風)이 설렌다

자류(柘榴)

남방토(南方土) 풀 안 돋은 양지귀가 본이다
햇비 멎은 저녁의 노을 먹고 산다

태고(太古)에 나서
선인도(仙人圖)가 꿈이다
고산정토(高山淨土)에 산약(山藥) 캐다 오다

달빛은 이향(異鄕)
눈은 정기 속에 어우러진 싸움

머루밤

불을 끈 방 안에 횃대의 하이얀 옷이 멀리 추울 것같이

개 방위(方位)로 말방울 소리가 들려온다

문을 연다 머루빛 밤한울에
송이버섯의 내음새가 났다

여승(女僧)

여승(女僧)은 합장(合掌)하고 절을 했다
가지취의 내음새가 났다
쓸쓸한 낯이 옛날같이 늙었다
나는 불경(佛經)처럼 서러워졌다

평안도의 어늬 산 깊은 금덤판
나는 파리한 여인(女人)에게서 옥수수를 샀다
여인(女人)은 나어린 딸아이를 따리며 가을밤같이 차게 울었다

섶벌같이 나아간 지아비 기다려 십년(十年)이 갔다
지아비는 돌아오지 않고
어린 딸은 도라지꽃이 좋아 돌무덤으로 갔다

산(山)꿩도 설게 울은 슬픈 날이 있었다
산(山)절의 마당귀에 여인(女人)의 머리오리가 눈물방울과 같이 떨어진
날이 있었다

수라(修羅)

거미 새끼 하나 방바닥에 나린 것을 나는 아무 생각 없이 문 밖으로 쓸
어버린다
차디찬 밤이다

어니젠가 새끼 거미 쓸려나간 곳에 큰 거미가 왔다
나는 가슴이 짜릿한다
나는 또 큰 거미를 쓸어 문 밖으로 버리며
찬 밖이라도 새끼 있는 데로 가라고 하며 서러워한다

이렇게 해서 아린 가슴이 싹기도 전이다
어데서 좁쌀알만한 알에서 가제 깨인 듯한 발이 채 서지도 못한 무척 적
은 새끼 거미가 이번엔 큰 거미 없어진 곳으로 와서 아물거린다
나는 가슴이 메이는 듯하다
내 손에 오르기라도 하라고 나는 손을 내어미나 분명히 울고 불고 할 이
작은 것은 나를 무서우이 달어나버리며 나를 서럽게 한다
나는 이 작은 것을 고이 보드러운 종이에 받어 또 문 밖으로 버리며
이것의 엄마와 누나나 형이 가까이 이것의 걱정을 하며 있다가 쉬이 만
나기나 했으면 좋으련만 하고 슬퍼한다

비

아카시아들이 언제 흰 두레방석을 깔았나
어데서 물쿤 개비린내가 온다

노루

산(山)골에서는 집터를 츠고 달궤를 닦고
보름달 아래서 노루고기를 먹었다

국수당 넘어

절간의 소 이야기

  병이 들면 풀밭으로 가서 풀을 뜯는 소는 인간(人間)보다 영(靈)해서 열 걸음 안에 제 병을 낳게 할 약(藥)이 있는 줄을 안다고

  수양산(首陽山)의 어느 오래된 절에서 칠십이 넘은 노장은 이런 이야기를 하며 치맛자락의 산나물을 추었다

통영(統營)

옛날엔 통제사(統制使)가 있었다는 낡은 항구(港口)의 처녀들에겐 옛날이 가지 않은 천희(千姬)라는 이름이 많다

미역오리같이 말라서 굴껍지처럼 말없이 사랑하다 죽는다는

이 천희(千姬)의 하나를 나는 어느 오랜 객주집의 생선 가시가 있는 마루방에서 만났다

저문 유월(六月)의 바닷가에선 조개도 울을 저녁 소라방등이 붉으레한 마당에 김냄새 나는 비가 나렸다

오금덩이라는 곳

어스름 저녁 국수당 돌각담의 수무나무 가지에 녀귀의 탱을 걸고 나물매 갖추어놓고 비난수를 하는 젊은 새악시들
　—잘 먹고 가라 서리서리 물러가라 네 소원 풀었으니 다시 침노 말아라

벌개늪녘에서 바리깨를 뚜드리는 쇳소리가 나면 누가 눈을 앓어서 부증이 나서 찰거마리를 부르는 것이다
마을에서는 피성한 눈슭에 저린 팔다리에 거마리를 붙인다

여우가 우는 밤이면
잠 없는 노친네들은 일어나 팥을 깔이며 방뇨를 한다
여우가 주둥이를 향하고 우는 집에서는 다음 날 으레히 흉사가 있다는 것은 얼마나 무서운 말인가

시기(柿崎)의 바다

저녁밥 때 비가 들어서
바다엔 배와 사람이 흥성하다

참대창에 바다보다 푸른 고기가 께우며 섬돌에 곱조개가 붙는 집의 복
도에서는 배창에 고기 떨어지는 소리가 들렸다

이슥하니 물기에 누굿이 젖은 왕구새자리에서 저녁상을 받은 가슴 앓
는 사람은 참치회를 먹지 못하고 눈물겨웠다

어득한 기슭의 행길에 얼굴이 해쓱한 처녀가 새벽달같이
아 아즈내인데 병인(病人)은 미역 냄새 나는 덧문을 닫고 버러지같이 누
었다

정주성(定州城)

산턱 원두막은 비었나 불빛이 외롭다
헌깊심지에 아즈까리 기름의 쪼는 소리가 들리는 듯하다

잠자리 조을든 무너진 성(城)터
반딧불이 난다 파란 혼(魂)들 같다
어데서 말 있는 듯이 크다란 산(山)새 한 마리 어두운 골짜기로 난다

헐리다 남은 성문(城門)이
하늘빛같이 훤하다
날이 밝으면 또 메기수염의 늙은이가 청배를 팔러 올 것이다

창의문외(彰義門外)

  무이밭에 흰나비 나는 집 밤나무 머루넝쿨 속에 키질하는 소리만이 들린다
  우물가에서 까치가 자꾸 짖거니 하면
  붉은 수탉이 높이 샛더미 위로 올랐다
  텃밭가 재래종의 임금(林檎)나무에는 이제도 콩알만한 푸른 알이 달렸고 히스무레한 꽃도 하나둘 피여 있다
  돌담 기슭에 오지항아리 독이 빛난다

정문촌(旌門村)

주홍칠이 날은 정문(旌門)이 하나 마을 어구에 있었다

'효자노적지지정문(孝子盧迪之之旌門)'— 몬지가 겹겹이 앉은 목각(木刻)
의 액(額)에
　나는 열 살이 넘도록 갈지자(字) 둘을 웃었다

아카시아꽃의 향기가 가득하니 꿀벌들이 많이 날어드는 아츰
구신은 없고 부헝이가 담벽을 띠쫗고 죽었다

기왓골에 배암이 푸르스름히 빛난 달밤이 있었다
아이들은 쪽재피같이 먼 길을 돌았다

정문집 가난이는 열다섯에
늙은 말꾼한테 시집을 갔겄다

여우난골

박을 삶는 집
할아버지와 손자가 오른 지붕 위에 한울빛이 진초록이다
우물의 물이 쓸 것만 같다

마을에서는 삼굿을 하는 날
건넌마을서 사람이 물에 빠져 죽었다는 소문이 왔다

노란 싸리잎이 한불 깔린 토방에 햇츩방석을 깔고 나는 호박떡을 맛있
게도 먹었다

어치라는 산새는 벌배 먹어 고흡다는 골에서 돌배 먹고 아픈 배를 아이
들은 떨배 먹고 나았다고 하였다

삼방(三防)

갈부던 같은 약수(藥水)터의 산(山)거리엔 나무그릇과 다래나무 지팽이
가 많다

산(山) 너머 십오리(十五里)서 나무뒝치 차고 싸리신 신고 산(山)비에 촉
촉이 젖어서 약(藥)물을 받으려 오는 두멧아이들도 있다

아랫마을에서는 애기무당이 작두를 타며 굿을 하는 때가 많다

백석 시선

연자간

달빛도 거지도 도적개도 모다 즐겁다
풍구재도 얼럭소도 쇠드랑볕도 모다 즐겁다

도적괭이 새끼락이 나고
살진 쪽제비 트는 기지개 길고

해낭닭은 알을 낳고 소리 치고
강아지는 겨를 먹고 오줌 싸고

개들은 게모이고 쌈지거리하고
놓여난 도야지 둥구재벼 오고

송아지 잘도 놀고
까치 보해 짖고

신영길 말이 울고 가고
장돌림 당나귀도 울고 가고

대들보 위에 베틀도 채일도 토리개도 모도들 편안하니
구석구석 후치도 보십도 소시랑도 모도들 편안하니

통영(統營)

구마산(舊馬山)의 선창에선 좋아하는 사람이 울며 나리는 배에 올라서 오는 물길이 반날
갓 나는 고당은 갓갓기도 하다

바람맛도 짭짤한 물맛도 짭짤한

전북에 해삼에 도미 가재미의 생선이 좋고
파래에 아개미에 호루기의 젓갈이 좋고

새벽녘의 거리엔 쾅쾅 북이 울고
밤새껏 바다에선 뿡뿡 배가 울고

자다가도 일어나 바다로 가고 싶은 곳이다

집집이 아이만한 피도 안 간 대구를 말리는 곳
황화장사 영감이 일본말을 잘도 하는 곳
처녀들은 모두 어장주(漁場主)한테 시집을 가고 싶어 한다는 곳

산(山) 너머로 가는 길 돌각담에 갸웃하는 처녀는 금(錦)이라든 이 같고
내가 들은 마산(馬山) 객주집의 어린 딸은 난(蘭)이라는 이 같고

난이라는 이는 명정골에 산다는데

명정(明井)골은 산을 넘어 동백(冬柏)나무 푸르른 감로 같은 물이 솟는 명정(明井) 샘이 있는 마을인데

　샘터엔 오구작작 물을 긷는 처녀며 새악시들 가운데 내가 좋아하는 그이가 있을 것만 같고

　내가 좋아하는 그이는 푸른 가지 붉게붉게 동백꽃 피는 철엔 타관 시집을 갈 것만 같은데

　긴 토시 끼고 큰머리 얹고 오불고불 넘엣거리로 가는 여인은 평안도서 오신 듯한데 동백(冬柏)꽃 피는 철이 그 언제요

　옛 장수 모신 낡은 사당의 돌층계에 주저앉어서 나는 이 저녁 울듯 울듯 한산도(閑山島) 바다의 뱃사공이 되여가며

　녕 낮은 집 담 낮은 집 마당만 높은 집에서 열나흘 달을 업고 손방아만 찧는 내 사람을 생각한다

오리

오리야 네가 좋은 청명(淸明) 밑께 밤은
옆에서 누가 뺨을 쳐도 모르게 어둡다누나
오리야 이때는 따디기가 되어 어둡단다

아무리 밤이 좋은들 오리야
해변벌에선 얼마나 너이들이 욱자지껄하며 멕이기에
해변땅에 나들이 갔던 할머니는
오리새끼들은 장뽕이나 하듯이 떠들썩하니 시끄럽기도 하드란 숭인가

그래도 오리야 호젓한 밤길을 가다
가까운 논배미들에서
까알까알 하는 너이들의 즐거운 말소리가 나면
나는 내 마을 그 아는 사람들의 지껄지껄하는 말소리같이 반가웁고나
오리야 너이들의 이야기판에 나도 들어
밤을 같이 밝히고 싶고나
오리야 나는 네가 좋구나 네가 좋아서
벌논의 늪 옆에 쭈거렁 벼알 달린 짚검불을 널어놓고

닭이짖올코에 새끼달은치를 묻어놓고
동둑넘에 숨어서
하로진일 너를 기다린다

오리야 고은 오리야 가만히 안겼거라
너를 팔어 술을 먹는 노(盧)장에 영감은
홀아비 소의연 침을 놓는 영감인데
나는 너를 백동전 하나 주고 사오누나

나를 생각하던 그 무당의 딸은 내 어린 누이에게
오리야 너를 한 쌍 주드니
어린 누이는 없고 저는 시집을 갔다건만
오리야 너는 한 쌍이 날어가누나

탕약(湯藥)

눈이 오는데
토방에서는 질화로 위에 곱돌탕관에 약이 끓는다
삼에 숙변에 목단에 백복령에 산약에 택사의 몸을 보한다는 육미탕(六
味湯)이다
약탕관에서는 김이 오르며 달큼한 구수한 향기로운 내음새가 나고
약이 끓는 소리는 삐삐 즐거웁기도 하다

그리고 다 달인 약을 하이얀 약사발에 밭어놓은 것은
아득하니 깜하야 만년(萬年) 옛적이 들은 듯한데
나는 두 손으로 고이 약그릇을 들고 이 약을 내인 옛사람들을 생각하노
라면
내 마음은 끝없이 고요하고 또 맑어진다

창원도(昌原道)

— 남행시초(南行詩抄) 1

솔포기에 숨었다
토끼나 꿩을 놀래주고 싶은 산허리의 길은

엎데서 따스하니 손 녹히고 싶은 길이다

개 데리고 호이호이 휘파람 불며
시름 놓고 가고 싶은 길이다

궤나리봇짐 벗고 땃불 놓고 앉어
담배 한 대 피우고 싶은 길이다

승냥이 줄레줄레 달고 가며
덕신덕신 이야기하고 싶은 길이다

더꺼머리 총각은 정든 님 업고 오고 싶은 길이다

통영(統營)

— 남행시초(南行詩抄) 2

통영(統營)장 낫대들었다

갓 한 닢 쓰고 건시 한 접 사고 홍공단 댕기 한 감 끊고 술 한 병 받어
들고

화륜선 만저보려 선창 갔다

오다 가수내 들어가는 주막 앞에
문둥이 품바타령 듣다가

열이레 달이 올라서
나룻배 타고 판데목 지나간다 간다

고성가도(固城街道)
— 남행시초(南行詩抄) 3

고성(固城)장 가는 길
해는 둥둥 높고

개 하나 얼린하지 않는 마을은
해발은 마당귀에 맷방석 하나
빨갛고 노랗고
눈이 시울은 곱기도 한 건반밥
아 진달래 개나리 한창 피었구나

가까이 잔치가 있어서
곱디고운 건반밥을 말리우는 마을은
얼마나 즐거운 마을인가

어쩐지 당홍치마 노란 저고리 입은 새악시들이
웃고 살을 것만 같은 마을이다

삼천포(三千浦)

— 남행시초(南行詩抄) 4

졸레졸레 도야지새끼들이 간다
귀밑이 재릿재릿하니 볕이 담복 따사로운 거리다

잿더미에 까치 오르고 아이 오르고 아지랑이 오르고

해바라기하기 좋을 볏곡간 마당에
볏짚같이 누우런 사람들이 둘러서서
어느 눈 오신 날 눈을 치고 생긴 듯한 말다툼 소리도 누우러니

소는 기르매 지고 조은다

아 모도들 따사로히 가난하니

북관(北關)
— 함주시초(咸州詩抄) 1

명태(明太) 창난젓에 고추무거리에 막칼질한 무이를 비벼 익힌 것을
이 투박한 북관(北關)을 한없이 끼밀고 있노라면
쓸쓸하니 무릎은 꿇어진다

시큼한 배척한 퀴퀴한 이 내음새 속에
나는 가느슥히 여진(女眞)의 살내음새를 맡는다

얼근한 비릿한 구릿한 이 맛 속에선
까마득히 신라(新羅) 백성의 향수(鄕愁)도 맛본다

노루

— 함주시초(咸州詩抄) 2

장진(長津) 땅이 지붕넘에 넘석하는 거리다
자구나무 같은 것도 있다
기장감주에 기장차떡이 흔한 데다
이 거리에 산골사람이 노루 새끼를 다리고 왔다
산골사람은 막베 등거리 막베 잠방둥에를 입고
노루 새끼를 닮었다
노루 새끼 등을 쓸며
터 앞에 당콩순을 다 먹었다 하고
서른닷 냥 값을 부른다
노루 새끼는 다문다문 흰 점이 백이고 배 안의 털을 너슬너슬 벗고
산골사람을 닮었다

산골사람의 손을 핥으며
약자에 쓴다는 흥정소리를 듣는 듯이
새까만 눈에 하이얀 것이 가랑가랑하다

고사(古寺)

부뚜막이 두 길이다

이 부뚜막에 놓인 사닥다리로 자박수염난 공양주는 성궁미를 지고 오른다

한말 밥을 한다는 크나큰 솥이

외면하고 가부 틀고 앉아서 염주도 세일 만하다

화라지송침이 단 채로 들어간다는 아궁지

이 험상궂은 아궁지도 조앙님은 무서운가 보다

농마루며 바람벽은 모두들 그느슥히

흰밥과 두부와 튀각과 자반을 생각나 하고

하폄도 남즉하니 불기와 유종들이

묵묵히 팔장끼고 쭈그리고 앉었다

재 안 드는 밤은 불도 없이 캄캄한 까막나라에서

조앙님은 무서운 이야기나 하면

모두들 죽은 듯이 엎데였다 잠이 들 것이다

선우사(膳友辭)

— 함주시초(咸州詩抄) 4

낡은 나조반에 흰밥도 가재미도 나도 나와 앉아서
쓸쓸한 저녁을 맞는다

흰밥과 가재미와 나는
우리들은 그 무슨 이야기라도 다 할 것 같다
우리들은 서로 미덥고 정답고 그리고 서로 좋구나

우리들은 맑은 물밑 해정한 모래톱에서 하구 긴 날을 모래알만 헤이며
잔뼈가 굵은 탓이다

바람 좋은 한벌판에서 물닭이 소리를 들으며 단이슬 먹고 나이 들은 탓
이다

외따른 산골에서 소리개소리 배우며 다람쥐 동무하고 자라난 탓이다

우리들은 모두 욕심이 없어 희여졌다
착하디 착해서 세괏은 가시 하나 손아귀 하나 없다
너무나 정갈해서 이렇게 파리했다

우리들은 가난해도 서럽지 않다
우리들은 외로워할 까닭도 없다
그리고 누구 하나 부럽지도 않다

흰밥과 가재미와 나는
우리들이 같이 있으면
세상 같은 건 밖에 나도 좋을 것 같다

산곡(山谷)
— 함주시초(咸州詩抄) 5

돌각담에 머루송이 깜하니 익고
자갈밭에 아즈까리 알이 쏟아지는
잠풍하니 볕바른 골짜기이다
나는 이 골짝에서 한겨울을 날려고 집을 한 채 구하였다
집이 몇 집 되지 않는 골 안은
모두 터앞에 김장감이 퍼지고
뜨락에 잡곡 낟가리가 쌓여서
어니 세월에 비일 듯한 집은 뵈이지 않았다
나는 자꾸 골 안으로 깊이 들어갔다

골이 다한 산대 밑에 자그마한 돌능와집이 한 채 있어서
이 집 남길동 단 안주인은 겨울이면 집을 내고
산을 돌아 거리로 나려간다는 말을 하는데
해바른 마당에는 꿀벌이 스무나문 통 있었다

낮 기울은 날을 햇볕 장글장글한 툇마루에 걸어앉어서
  지난여름 도락구를 타고 장진(長津) 땅에 가서 꿀을 치고 돌아왔다는 이
벌들을 바라보며 나는
  날이 어서 추워져서 쑥국화꽃도 시들고
  이 바즈런한 백성들도 다 제 집으로 들은 뒤에
  이 골 안으로 올 것을 생각하였다

이두국주가도(伊豆國湊街道)

옛적본의 휘장마차에
어느메 촌중의 새 새악시와도 함께 타고
먼 바닷가의 거리로 간다는데
금귤이 누런 마을마을을 지나가며
싱싱한 금귤을 먹는 것은 얼마나 즐거운 일인가

바다

바닷가에 왔드니
바다와 같이 당신이 생각만 나는구려
바다와 같이 당신을 사랑하고만 싶구려

구붓하고 모래톱을 오르면
당신이 앞선 것만 같구려
당신이 뒤선 것만 같구려

그리고 지중지중 물가를 거닐면
당신이 이야기를 하는 것만 같구려
당신이 이야기를 끊은 것만 같구려

바닷가는
개지꽃이 개지 아니 나오고
고기비눌에 하이얀 햇볕만 쇠리쇠리하야
어쩐지 쓸쓸만 하구려 섧기만 하구려

추야일경(秋夜一景)

닭이 두 홰나 울었는데
안방 큰방은 홰즛하니 당등을 하고
인간들은 모두 웅성웅성 깨여 있어서들
오가리며 석박디를 썰고
생강에 파에 청각에 마눌을 다지고

시래기를 삶는 훈훈한 방 안에는
양념 내음새가 싱싱도 하다

밖에는 어데서 물새가 우는데
토방에선 햇콩두부가 고요히 숨이 들어갔다

산숙(山宿)
— 산중음(山中吟) 1

여인숙이라도 국수집이다

메밀가루 포대가 그득하니 쌓인 웃간은 들믄들믄 더웁기도 하다

나는 낡은 국수분틀과 그즈런히 나가 누어서

구석에 데굴데굴하는 목침(木枕)들을 베여보며

이 산(山)골에 들어와서 이 목침들에 새까마니 때를 올리고 간 사람들을 생각한다

그 사람들의 얼굴과 생업(生業)과 마음들을 생각해 본다

향악(饗樂)
— 산중음(山中吟) 2

초생달이 귀신불같이 무서운 산(山)골 거리에선
처마 끝에 종이등의 불을 밝히고
쩌락쩌락 떡을 친다
감자떡이다
이젠 캄캄한 밤과 개울물 소리만이다

야반(夜半)

— 산중음(山中吟) 3

토방에 승냥이 같은 강아지가 앉은 집
부엌으론 무럭무럭 하이얀 김이 난다
자정도 훨신 지났는데
닭을 잡고 메밀국수를 누른다고 한다
어느 산(山) 옆에선 캥캥 여우가 운다

백화(白樺)

산골집은 대들보도 기둥도 문살도 자작나무다

밤이면 캥캥 여우가 우는 산(山)도 자작나무다

그 맛있는 메밀국수를 삶는 장작도 자작나무다

그리고 감로(甘露)같이 단샘이 솟는 박우물도 자작나무다

산(山) 너머는 평안도(平安道) 땅도 뵈인다는 이 산(山)골은 온통 자작나

무다

나와 나타샤와 흰 당나귀

가난한 내가
아름다운 나타샤를 사랑해서
오늘밤은 푹푹 눈이 나린다

나타샤를 사랑은 하고
눈은 푹푹 날리고
나는 혼자 쓸쓸히 앉어 소주(燒酒)를 마신다
소주(燒酒)를 마시며 생각한다
나타샤와 나는
눈이 푹푹 쌓이는 밤 흰 당나귀 타고
산골로 가자 출출이 우는 깊은 산골로 가 마가리에 살자

눈은 푹푹 나리고
나는 나타샤를 생각하고
나타샤가 아니올 리 없다
언제 벌써 내 속에 고조곤히 와 이야기한다
산골로 가는 것은 세상한테 지는 것이 아니다
세상 같은 건 더러워 버리는 것이다

눈은 푹푹 나리고
아름다운 나타샤는 나를 사랑하고
어데서 흰 당나귀도 오늘밤이 좋아서 응앙응앙 울을 것이다

석양

거리는 장날이다
장날 거리에 영감들이 지나간다
영감들은
말상을 하였다 범상을 하였다 쪽재비 상을 하였다
개발코를 하였다 안장코를 하였다 질병코를 하였다
그 코에 모두 학실을 썼다
돌테 돋보기다 대모테 돋보기다 로이도 돋보기다
영감들은 유리창 같은 눈을 번득거리며
투박한 북관(北關) 말을 떠들어대며
쇠리쇠리한 저녁해 속에
사나운 즘생같이들 사러졌다

고향

나는 북관(北關)에 혼자 앓어 누어서
어느 아츰 의원(醫員)을 뵈이었다
의원(醫員)은 여래(如來) 같은 상을 하고 관공(關公)의 수염을 드리워서
먼 옛적 어느 나라 신선 같은데
새끼손톱 길게 돋은 손을 내어
묵묵하니 한참 맥을 집드니
문득 물어 고향이 어데냐 한다
평안도(平安道) 정주(定州)라는 곳이라 한즉
그러면 아무개씨 고향이란다
그러면 아무개씰 아느냐 한즉
의원(醫員)은 빙긋이 웃음을 띄고
막역지간(莫逆之間)이라며 수염을 쓴다
나는 아버지로 섬기는 이라 한즉
의원(醫員)은 또다시 넌즈시 웃고
말없이 팔을 잡어 맥을 보는데
손길은 따스하고 부드러워
고향(故鄕)도 아버지도 아버지의 친구도 다 있었다

절망

북관(北關)에 계집은 튼튼하다
북관(北關)에 계집은 아름답다
아름답고 튼튼한 계집은 있어서
흰 저고리에 붉은 길동을 달어
검정치마에 받쳐입은 것은
나의 꼭 하나 즐거운 꿈이였드니
어느 아침 계집은
머리에 무거운 동이를 이고
손에 어린것의 손을 끌고
가펴러운 언덕길을
숨이 차서 올라갔다
나는 한종일 서러웠다

외갓집

내가 언제나 무서운 외갓집은

초저녁이면 안팎 마당이 그득하니 하이얀 나비수염을 물은 보득지극한 복쪽제비들이 씨굴씨굴 모여서는 쨍쨍 쨍쨍 쇳스럽게 울어대고

밤이면 무엇이 기와골에 무리돌을 던지고 뒤울안 배낡에 쩨듯하니 줄등을 헤여 달고 부뚜막의 큰 솥 적은 솥을 모조리 뽑아놓고 재통에 간 사람의 목덜미를 그냥 그냥 나려 눌러선 잿다리 아래로 처박고

그리고 새벽녘이면 고방 시렁에 채국채국 얹어둔 모랭이 목판 시루며 함지가 땅바닥에 넘너른히 널리는 집이다

개

접시 귀에 소기름이나 소뿔등잔에 아즈까리 기름을 켜는 마을에서는 겨울밤 개 짖는 소리가 반가웁다

이 무서운 밤을 아래웃방성 마을 돌아다니는 사람은 있어 개는 짖는다

낮배 어니메 치코에 꿩이라도 걸려서 산(山) 너머 국수집에 국수를 받으러 가는 사람이 있어도 개는 짖는다

김치가재미선 동치미가 유별히 맛나게 익는 밤

아배가 밤참 국수를 받으려 가면 나는 큰마니의 돋보기를 쓰고 앉어 개 짖는 소리를 들은 것이다

내가 생각하는 것은

밝은 봄철날 따디기의 누굿하니 푹석한 밤이다
거리에는 사람두 많이 나서 흥성흥성할 것이다
어쩐지 이 사람들과 친하니 싸다니고 싶은 밤이다

그렇건만 나는 하이얀 자리 우에서 마른 팔뚝의
샛파란 핏대를 바라보며 나는 가난한 아버지를 가진 것과
내가 오래 그려오던 처녀가 시집을 간 것과
그렇게도 살틀하든 동무가 나를 버린 일을 생각한다

또 내가 아는 그 몸이 성하고 돈도 있는 사람들이
즐거이 술을 먹으려 다닐 것과
내 손에는 신간서(新刊書) 하나도 없는 것과
그리고 그 '아서라 세상사(世上事)'라도 들을
유성기도 없는 것을 생각한다

그리고 이러한 생각이 내 눈가를 내 가슴가를 뜨겁게 하는 것도 생각
한다

내가 이렇게 외면하고

내가 이렇게 외면하고 거리를 걸어가는 것은 잠풍 날씨가 너무나 좋은 탓이고

가난한 동무가 새 구두를 신고 지나간 탓이고 언제나 꼭 같은 넥타이를 매고 고은 사람을 사랑하는 탓이다

내가 이렇게 외면하고 거리를 걸어가는 것은 또 내 많지 못한 월급이 얼마나 고마운 탓이고

이렇게 젊은 나이로 코밑수염도 길러보는 탓이고 그리고 어느 가난한 집 부엌으로 달재 생선을 진장에 꼿꼿이 지진 것은 맛도 있다는 말이 자꾸 들려오는 탓이다

삼호(三湖)

— 물닭의 소리 1

문기슭에 바다햇자를 까꾸로 붙인 집
산듯한 청삿자리 위에서 찌륵찌륵
우는 전복회를 먹어 한여름을 보낸다

이렇게 한여름을 보내면서 나는 하늑이는
물살에 나이금이 느는 꽃조개와 함께
허리도리가 굵어가는 한 사람을 연연해한다

물계리(物界里)

— 물닭의 소리 2

물밑—이 세모래 닌함박은 콩조개만 일다

모래장변—바다가 널어놓고 못미더워 드나드는 명주필을 짓궂이 발뒤
축으로 찢으면

날과 씨는 모두 양금줄이 되어 짜랑짜랑 울었다

대산동(大山洞)
— 물닭의 소리 3

비애고지 비애고지는
제비야 네 말이다
저 건너 노루섬에 노루 없드란 말이지
신미도 삼각산엔 가무래기만 나드란 말이지

비애고지 비애고지는
제비야 네 말이다
푸른 바다 흰 한울이 좋기도 좋단 말이지
해밝은 모래장변에 돌비 하나 섰단 말이지

비애고지 비애고지는
제비야 네 말이다
눈빨갱이 갈매기 빨갱이 갈매기 가란 말이지
승냥이처럼 우는 갈매기
무서워 가란 말이지

남향(南鄕)
― 물닭의 소리 4

푸른 바닷가의 하이얀 하이얀 길이다

아이들은 늘늘히 청대나무 말을 몰고
대모풍잠한 늙은이 요요 한 마리를 드리우고 갔다

이 길이다
얼마 가서 감로(甘露) 같은 물이 솟는 마을 하이얀 회담벽에 옛적본의 쟁
반시계를 걸어놓은 집 홀어미와 사는 물새 같은 외딸의 혼삿말이 아지랑
이같이 낀 곳은

야우소회(夜雨小懷)
— 물닭의 소리 5

캄캄한 비 속에
새빨간 달이 뜨고
하이얀 꽃이 퓌고
먼바루 개가 짖는 밤은
어데서 물의 내음새 나는 밤이다

캄캄한 비 속에
새빨간 달이 뜨고
하이얀 꽃이 퓌고
먼바루 개가 짖고
어데서 물의 내음새 나는 밤은

나의 정다운 것들 가지 명태 노루 뫼추리 질동이 노랑나비 바구지꽃 메밀국수 남치마 자개짚세기 그리고 천희(千姬)라는 이름이 한없이 그리워지는 밤이로구나

꼴뚜기
— 물닭의 소리 6

신새벽 들망에
내가 좋아하는 꼴뚜기가 들었다
갓 쓰고 사는 마음이 어진데
새끼 그물에 걸리는 건 어인 일인가

갈매기 날어온다

입으로 먹을 뿜는 건
몇 십 년 도를 닦어 피는 조환가
앞뒤로 가기를 마음대로 하는 건
손자(孫子)의 병서(兵書)도 읽은 것이다
갈매가 쫑얼댄다

그러나 시방 꼴뚜기는 배창에 너불어저 새새끼 같은 울음을 우는 곁
에서
뱃사람들의 언젠가 아홉이서 회를 쳐 먹고도 남어 한 깃씩 나눠가지고
갔다는 크디큰 꼴뚜기의 이야기를 들으며 나는 슬프다

갈매기 날어난다

가무래기의 낙(樂)

가무락조개 난 뒷간거리에
빛을 얻으려 나는 왔다
빛이 안 되어 가는 탓에
가무래기도 나도 모도 춥다
추운 거리의 그도 추운 능당 쪽을 걸어가며
내 마음은 웃즐댄다 그 무슨 기쁨에 웃즐댄다
이 추운 세상의 한 구석에
맑고 가난한 친구가 하나 있어서
내가 이렇게 추운 거리를 지나온 걸
얼마나 기뻐하며 낙단하고
그즈런히 손깍지베개하고 누어서
이 못된 놈의 세상을 크게 크게 욕할 것이다

멧새 소리

처마 끝에 명태를 말린다
명태는 꽁꽁 얼었다
명태는 길다랗고 파리한 물고긴데
꼬리에 길다란 고드름이 달렸다
해는 저물고 날은 다 가고 볕은 서러웁게 차갑다
나도 길다랗고 파리한 명태다
문턱에 꽁꽁 얼어서
가슴이 길다란 고드름이 달렸다

넘언집 범 같은 노큰마니

황토 마루 수무낡에 얼럭궁 덜럭궁 색동헌겊 뜯개조박 뵈짜배기 걸리고 오쟁이 끼애리 달리고 소삼은 엄신 같은 딥세기도 열린 국수당고개를 몇 번이고 튀튀 춤을 뱉고 넘어가면 골 안에 아늑히 묵은 영동이 무겁기도 할 집이 한 채 안기었는데

집에는 언제나 센개 같은 게사니가 벅작궁 고아내고 말 같은 개들이 떠들썩 짖어대고 그리고 소거름 내음새 구수한 속에 엇송아지 히물쩍 너들씨는데

집에는 아배에 삼춘에 오마니에 오마니가 있어서 젖먹이를 마을 청능 그늘 밑에 삿갓을 씌워 한종일내 뉘어 두고 김을 매려 다녔고 아이들이 큰 마누래에 작은마누래에 제 구실을 할 때면 좋아지물본도 모르고 행길에 아이 송장이 거적때기에 말려나가면 속으로 얼마나 부러워하였고 그리고 끼때에는 부뚜막에 바가지를 아이덜 수대로 주룬히 늘어놓고 밥 한덩이 질게 한술 들여틀여서는 먹였다는 소리를 언제나 두고두고 하는데

일가들이 모두 범같이 무서워하는 이 노큰마니는 구덕살이같이 욱실욱실하는 손자 증손자를 방구석에 들매나무 회채리를 단으로 쩌다 두고 따리고 싸리갱이에 갓 신창을 매여놓고 따리는데

내가 엄매 등에 업혀가서 상사말같이 항약에 야기를 쓰면 한창 피는 함박꽃을 밑가지채 꺾어주고 종대에 달린 제물배도 가지채 쩌주고 그리고

106

그 애끼는 게사니알도 두 손에 쥐어주곤 하는데

　우리 엄매가 나를 가지는 때 이 노큰마니는 어느 밤 크나큰 범이 한 마리 우리 선산으로 들어오는 꿈을 꾼 것을 우리 엄매가 서울서 시집을 온 것을 그리고 무엇보다도 내가 이 노큰마니의 당조카의 맏손자로 난 것을 대견하니 알뜰하니 기꺼이 여기는 것이었다

박각시 오는 저녁

당콩밥에 가지 냉국의 저녁을 먹고 나서
바가지꽃 하이얀 지붕에 박각시 주락시 붕붕 날아오면
집은 안팎 문을 횅 하니 열젖기고
인간들은 모두 뒷등성으로 올라 멍석자리를 하고 바람을 쐬이는데
풀밭에는 어느새 하이얀 대림질감들이 한불 널리고
돌우래며 팟중이 산옆이 들썩하니 울어댄다
이리하여 한울에 별이 잔콩 마당 같고
강낭밭에 이슬이 비 오듯 하는 밤이 된다

동뇨부(童尿賦)

　봄철날 한종일 내 노곤하니 벌불 장난을 한 날 밤이면 으레히 싸개동당을 지나는데 잘망하니 누어 싸는 오줌이 넙적다리를 흐르는 따근따근한 맛 자리에 펑하니 괴이는 척척한 맛

　첫 여름 이른 저녁을 해치우고 인간들이 모두 터 앞에 나와서 물외포기에 당콩포기에 오줌을 주는 때 터 앞에 발마당에 샛길에 떠도는 오줌의 매캐한 재릿한 내음새

　긴긴 겨울밤 인간들이 모두 한잠이 들은 재밤중에 나 혼자 일어나서 머리맡 쥐발 같은 새끼 요강에 한없이 누는 잘 매럽던 오줌의 사르릉 쪼로록 하는 소리

　그리고 또 엄매의 말엔 내가 아직 굳은 밥을 모르던 때 살갗 퍼런 막내고무가 잘도 받어 세수를 하였다는 내 오줌빛은 이슬같이 샛말갛기도 샛맑았다는 것이다

안동(安東)

이방(異邦) 거리는
비 오듯 안개가 나리는 속에
안개 같은 비가 나리는 속에

이방(異邦) 거리는
콩기름 쪼리는 내음새 속에
섭누에번디 삶는 내음새 속에

이방(異邦) 거리는
도끼날 벼르는 돌물레 소리 속에
되광대 켜는 되양금 소리 속에

손톱을 시펄하니 기르고 기나긴 창꽈쯔를 즐즐 끌고 싶었다
만두(饅頭)꼬깔을 눌러쓰고 곰방대를 물고 가고 싶었다
이왕이면 향(香)내 높은 취향리(梨) 돌배 움퍽움퍽 씹으며 머리채 츠렁츠
렁 발굽을 차는 꾸냥과 가즈런히 쌍마차 몰아가고 싶었다

함남도안(咸南道安)

고원선(高原線) 종점(終點)인 이 작은 정거장(停車場)엔
그렇게도 우쭐대며 달가불시며 뛰어오던 뿅뿅차(車)가
가이없이 쓸쓸하니도 우두머니 서 있다

햇빛이 초롱불같이 희맑은데
해정한 모래부리 플랫폼에선
모두들 쩔쩔 끓는 구수한 귀이리차(茶)를 마신다

칠성(七星)고기라는 고기의 쩜벙쩜벙 뛰노는 소리가
쨋쨋하니 들려오는 호수(湖水)까지는
들죽이 한불 새까마니 익어간 망연한 벌판을 지나가야 한다

구장로(球場路)

— 서행시초(西行詩抄) 1

삼리(三里) 밖 강(江)쟁변엔 자갯돌에서
비멀이한 옷을 부승부승 말려입고 오는 길인데
산(山)모통고지 하나 도는 동안에 옷은 또 함북 젖었다

한 이십리(二十里) 가면 거리라든데
한껏 남아 걸어도 거리는 뵈이지 않는다
나는 어니 외진 산길에서 만난 새악시가 곱기도 하던 것과
어니메 강물 속에 들여다 뵈이든 쏘가리가 한 자나 되게 크던 것을 생각
하며
산(山)비에 젖었다는 말렸다 하며 오는 길이다

이젠 배도 출출히 고팠는데
어서 그 옹기장사가 온다는 거리로 들어가면
무엇보다도 몬저 '주류판매업(酒類販賣業)'이라고 써붙인 집으로 들어
가자

그 뜨수한 구들에서
따끈한 삼십오도(三十五度) 소주(燒酒)나 한잔 마시고
그리고 그 시래기국에 소 피를 넣고 두부를 두고 끓인 구수한 술국을 뜨
근히
몇 사발이고 왕사발로 몇 사발이나 먹자

112

북신(北新)
— 서행시초(西行詩抄) 2

거리에서는 메밀내가 났다
부처를 위하는 정갈한 노친네의 내음새 같은 메밀내가 났다

어쩐지 향산(香山) 부처님이 가까웁다는 거린데
국수집에서는 농짝 같은 도야지를 잡어 걸고 국수에 치는 도야지고기
는 돗바늘 같은 털이 드문드문 백였다
나는 이 털도 안 뽑은 도야지고기를 물끄러미 바라보며
또 털도 안 뽑은 고기를 시꺼먼 맨모밀국수에 얹어서 한입에 꿀꺽 삼키
는 사람들을 바라보며

나는 문득 가슴에 뜨끈한 것을 느끼며
소수림왕(小獸林王)을 생각한다 광개토대왕(廣開土大王)을 생각한다

팔원(八院)

— 서행시초(西行詩抄) 3

차디찬 아침인데

묘향산행(妙香山行) 승합자동차(乘合自動車)는 텅 하니 비어서

나이 어린 계집아이 하나가 오른다

옛말속같이 진진초록 새 저고리를 입고

손잔등이 밭고랑처럼 몹시도 터졌다

계집아이는 자성(慈城)으로 간다고 하는데

자성은 예서 삼백오십리(三百五十里) 묘향산(妙香山) 백오십리(百五十里)

묘향산(妙香山) 어디메서 삼춘이 산다고 한다

새하얗게 얼은 자동차(自動車) 유리창 밖에

내지인(內地人) 주재소장(駐在所長) 같은 어른과 어린아이들이 내임을 낸다

계집아이는 운다 느끼며 운다

텅 비인 차 안 한구석에서 어느 한 사람도 눈을 씻는다

계집아이는 몇 해고 내지인(內地人) 주재소장(駐在所長) 집에서

밥을 짓고 걸레를 치고 아이보개를 하면서

이렇게 추운 아침에도 손이 꽁꽁 얼어서

찬물에 걸레를 쳤을 것이다

월림(月林)장
— 서행시초(西行詩抄) 4

'자시동북팔십천희천(自是東北八〇粁熙川)'의 표(標)말이 선 곳
돌능와집에 소달구지에 싸리신에 옛날이 사는 장거리에
어니 근방 산천(山川)에서 덜거기 꺽꺽 검방지게 운다

초아흐레 장판에
산멧도야지 너구리가죽 튀튀새 났다
또 가얌에 귀이리에 도토리묵 도토리묵범벅도 났다

나는 주먹다시 같은 떡당이에 꿀보다도 달다는 강낭엿을 산다
그리고 물이라도 들듯이 샛노랗디 샛노란 산골 마가슬 볕에 눈이 시울
도록 샛노랗디 샛노란 햇기장쌀을 주무르며
기장쌀은 기장차떡이 좋고 기장차랍이 좋고 기장감주가 좋고 그리고
기장쌀로 쑨 호박죽은 맛도 있는 것을 생각하며 나는 기쁘다

수박씨, 호박씨

어진 사람이 많은 나라에 와서
어진 사람의 짓을 어진 사람의 마음을 배워서
수박씨 닦은 것은 호박씨 닦은 것을 입으로 앞니빨로 밝는다

수박씨 호박씨를 입에 넣는 마음은
참으로 철없고 어리석고 게으른 마음이나
이것은 또 참으로 밝고 그윽하고 깊고 무거운 마음이라
이 마음 안에 아득하니 오랜 세월이 아득하니 오랜 지혜가 또 아득하니
오랜 인정(人情)이 깃들인 것이다
태산(泰山)의 구름도 황하(黃河)의 물도 옛 임군의 땅과 나무의 덕도 이
마음 안에 아득하니 뵈이는 것이다

이 적고 가부엽고 갤족한 희고 까만 씨가
조용하니 또 도고하니 손에서 입으로 입에서 손으로 오르나리는 때
벌에 우는 새소리도 듣고 싶고 거문고도 한 곡조 뜯고 싶고 한 오천 말
남기고 함곡관(函谷關)도 넘어가고 싶고
기쁨이 마음에 뜨는 때는 희고 까만 씨를 앞니로 까서 잔나비가 되고
근심이 마음에 앉는 때는 희고 까만 씨를 혀끝에 물어 까막까치가 되고

어진 사람이 많은 나라에서는
오두미(五斗米)를 버리고 버드나무 아래로 돌아온 사람도
그 옆차개에 수박씨 닦은 것은 호박씨 닦은 것은 있었을 것이다

나물 먹고 물 마시고 팔베개 하고 누었던 사람도 그 머리맡에 수박씨 닦
은 것은 호박씨 닦은 것은 있었을 것이다

북방(北方)에서

— 정현웅(鄭玄雄)에게

아득한 옛날에 나는 떠났다

부여(扶餘)를 숙신(肅愼)을 발해(渤海)를 여진(女眞)을 요(遼)를 금(金)을

흥안령(興安嶺)을 음산(陰山)을 아무우르를 숭가리를

범과 사슴과 너구리를 배반하고

송어와 메기와 개구리를 속이고 나는 떠났다

나는 그때

자작나무와 이깔나무의 슬퍼하던 것을 기억한다

갈대와 장풍의 붙드던 말도 잊지 않았다

오로촌이 멧돌을 잡어 나를 잔치해 보내던 것도

쏠론이 십리길을 따러나와 울던 것도 잊지 않었다

나는 그때

아무 이기지 못할 슬픔도 시름도 없이

다만 게을리 먼 앞대로 떠나 나왔다

  그리하여 따사한 햇귀에서 하이얀 옷을 입고 매끄러운 밥을 먹고 단샘

을 마시고 낮잠을 잤다

  밤에는 먼 개소리에 놀라나고

  아침에는 지나가는 사람마다에게 절을 하면서도

  나는 나의 부끄러움을 알지 못했다

그동안 돌비는 깨어지고 많은 은금보화는 땅에 묻히고 가마귀도 긴 족

보를 이루었는데
  이리하야 또 한 아득한 새 옛날이 비롯하는 때
  이제는 참으로 이기지 못할 슬픔과 시름에 쫓겨
  나는 나의 옛 한울로 땅으로— 나의 태반(胎盤)으로 돌아왔으나

  이미 해는 늙고 달은 파리하고 바람은 미치고 보래구름만 혼자 넋없이
떠도는데

  아, 나의 조상은 형제는 일가친척은 정다운 이웃은 그리운 것은 사랑하
는 것은 우러르는 것은 나의 자랑은 나의 힘은 없다 바람과 물과 세월과
같이 지나가고 없다

허준(許俊)

그 맑고 거룩한 눈물의 나라에서 온 사람이여
그 따사하고 살틀한 볕살의 나라에서 온 사람이여

눈물의 또 볕살의 나라에서 당신은
이 세상에 나들이를 온 것이다
쓸쓸한 나들이를 단기려 온 것이다

눈물의 또 볕살의 나라 사람이여
당신의 그 긴 허리를 굽히고 뒷짐을 지고 지치운 다리로
싸움과 흥정으로 왁자지껄하는 거리를 지날 때든가
추운 겨울밤 병들어 누운 가난한 동무의 머리맡에 앉아
말없이 무릎 위 어린 고양이의 등만 쓰다듬는 때든가
당신의 그 고요한 가슴 안에 온순한 눈가에
당신네 나라의 맑은 하늘이 떠오를 것이고
당신의 그 푸른 이마에 삐여진 어깻죽지에
당신네 나라의 따사한 바람결이 스치고 갈 것이다

높은 산도 높은 꼭다기에 있는 듯한
아니면 깊은 물도 깊은 밑바닥에 있는 듯한 당신네 나라의
하늘은 얼마나 맑고 높을 것인가
바람은 얼마나 따사하고 향기로울 것인가
그리고 이 하늘 아래 바람결 속에 퍼진

그 풍속은 인정은 그리고 그 말은 얼마나 좋고 아름다울 것인가

　　다만 한 사람 목이 긴 시인(詩人)은 안다
　　'도스토이엡흐스키'며 '죠이쓰'며 누구보다도 잘 알고 일등 가는 소설
도 쓰지만
　　아무것도 모르는 듯이 어드근한 방 안에 굴어 게으르는 것을 좋아하는
그 풍속을
　　사랑하는 어린것에게 엿 한 가락을 아끼고 위하는 아내에겐 해진 옷을
입히면서도
　　마음이 가난한 낯설은 사람에게 수백 냥 돈을 거저 주는 그 인정을 그리
고 또 그 말을
　　사람은 모든 것을 다 잃어버리고 넋 하나를 얻는다는 크나큰 그 말을

　　그 멀은 눈물의 또 볕살의 나라에서
　　이 세상에 나들이를 온 사람이여
　　이 목이 긴 시인이 또 게사니처럼 떠든다고
　　당신은 쓸쓸히 웃으며 바독판을 당기는구려

《호박꽃 초롱》 서시

한울은
울파주가에 우는 병아리를 사랑한다
우물돌 아래 우는 돌우래를 사랑한다
그리고 또
버드나무 밑 당나귀 소리를 임내내는 시인을 사랑한다

한울은
풀 그늘 밑에 삿갓 쓰고 사는 벗을 사랑한다
모래 속에 문 잠그고 사는 조개를 사랑한다
그리고 또
두틈한 초가지붕 밑에 호박꽃 초롱 혀고 사는 시인을 사랑한다

한울은
공중에 떠도는 흰 구름을 사랑한다
골짜구니로 숨어 흐르는 개울물을 사랑한다
그리고 또
아늑하고 고요한 시골 거리에서 쟁글쟁글 햇볕만 바래는 시인을 사랑
한다

한울은
이러한 시인이 우리들 속에 있는 것을 더욱 사랑하는데
이러한 시인이 누구인 것을 세상은 몰라도 좋으나

그러나

그 이름이 강소천(姜小泉)인 것을 송아지와 꿀벌은 알을 것이다

귀농(歸農)

백구둔(白狗屯)의 눈 녹이는 밭 가운데 땅 풀리는 밭 가운데
촌부자 노왕(老王) 하고 같이 서서
밭최뚝에 즘부러진 땅버들의 버들개지 피여나는 데서
볕은 장글장글 따사롭고 바람은 솔솔 보드라운데
나는 땅임자 노왕한데 석상디기 밭을 얻는다

노왕은 집에 말과 나귀며 오리에 닭도 우을거리고
고방엔 그득히 감자에 콩곡석도 들여 쌓이고
노왕은 채매도 힘이 들고 하루종일 백령조(百鈴鳥) 소리나 들으려고
밭을 오늘 나한테 주는 것이고
나는 이젠 귀치 않은 측량(測量)도 문서(文書)도 싫증이 나고
낮에는 마음 놓고 낮잠도 한잠 자고 싶어서
아전 노릇을 그만두고 밭을 노왕(老王)한테 얻는 것이다

날은 챙챙 좋기도 좋은데
눈도 녹으며 술렁거리고 버들도 잎 트며 수선거리고
저 한쪽 마을에는 마돗에 닭 개 즘생도 들떠들고
또 아이 어른 행길에 뜨락에 사람도 웅성웅성 흥성거려
나는 가슴이 이 무슨 흥에 벅차오며
이 봄에는 이 밭에 감자 강냉이 수박에 오이며 당콩에 마늘과 파도 심그
리라 생각한다

수박이 열면 수박을 먹으며 팔며
감자가 앉으면 감자를 먹으며 팔며
까막까치나 두더쥐 돗벌기가 와서 먹으면 먹는 대로 두어두고
도적이 조금 걷어가도 걷어가는 대로 두어두고
아, 노왕(老王), 나는 이렇게 생각하노라
나는 노왕(老王)을 보고 웃어 말한다

이리하여 노왕(老王)은 밭을 주어 마음이 한가하고
나는 밭을 얻어 마음이 편안하고
디퍽디퍽 눈을 밟으며 터벅터벅 흙도 덮으며

사물사물 햇볕은 목덜미에 간지로워서
노왕(老王)은 팔장을 끼고 이랑을 걸어
나는 뒷짐을 지고 고랑을 걸어
밭을 나와 밭뚝을 돌아 도랑을 건너 행길을 돌아
지붕에 바람벽에 울바주에 볕살 쇠리쇠리한 마을을 가리키며
노왕(老王)은 나귀를 타고 앞에 가고
나는 노새를 타고 뒤에 따르고
마을 끝 충왕묘(蟲王廟)에 충왕을 찾아뵈려 가는 길이다
토신묘(土神廟)에 토신도 찾아뵈려 가는 길이다

국 수

눈이 많이 와서
산엣새가 벌로 나려 멕이고
눈구덩이에 토끼가 더러 빠지기도 하면
마을에는 그 무슨 반가운 것이 오는가 보다
한가한 애동들은 어둡도록 꿩사냥을 하고
가난한 엄매는 밤중에 김치가재미로 가고
마을을 구수한 즐거움에 싸서 은근하니 흥성흥성 들뜨게 하며 이것은 오는 것이다
이것은 어느 양지귀 혹은 능달 쪽 외따른 산 옆 은댕이 예데가리밭에서
하로밤 뽀오햔 흰 김 속에 접시귀 소기름불이 뿌우현 부엌에
산멍에 같은 분틀을 타고 오는 것이다
이것은 아득한 옛날 한가하고 즐겁던 세월로부터
실 같은 봄비 속을 타는 듯한 여름볕 속을 지나서 들쿠레한 구시월 갈바람 속을 지나서
대대로 나며 죽으며 죽으며 나며 하는 이 마을 사람들의 으젓한 마음을 지나서 텁텁한 꿈을 지나서
지붕에 마당에 우물둔덩에 함박눈이 푹푹 쌓이는 여느 하로밤
아배 앞에 그 어린 아들 앞에 아배 앞에는 왕사발에 아들 앞에는 새끼사발에 그득히 사리워오는 것이다
이것은 그 곰의 잔등에 업혀서 길여났다는 먼 옛적 큰마니가
또 그 집등색이에 서서 자채기를 하면 산넘엣 마을까지 들렸다는
먼 옛적 큰아바지가 오는 것같이 오는 것이다

아, 이 반가운 것은 무엇인가
이 히수무레하고 부드럽고 수수하고 슴슴한 것은 무엇인가
겨울밤 쩡하니 익은 동티미국을 좋아하고 얼얼한 댕추가루를 좋아하고
싱싱한 산꿩의 고기를 좋아하고
그리고 담배 내음새 탄수 내음새 또 수육을 삶는 육수국 내음새 자욱한
더북한 삿방 쩔쩔 끓는 아르굴을 좋아하는 이것은 무엇인가

이 조용한 마을과 이 마을의 으젓한 사람들과 살틀하니 친한 것은 무엇
인가
이 그지없이 고담(枯淡)하고 소박(素朴)한 것은 무엇인가

흰 바람벽이 있어

오늘 저녁 이 좁다란 방의 흰 바람벽에
어쩐지 쓸쓸한 것만이 오고 간다
이 흰 바람벽에
희미한 십오촉(十五燭) 전등이 지치운 불빛을 내어던지고
때글은 다 낡은 무명샤쓰가 어두운 그림자를 쉬이고
그리고 또 달디단 따끈한 감주나 한잔 먹고 싶다고 생각하는 내 가지가
지 외로운 생각이 헤매인다
그런데 이것은 또 어인 일인가
이 흰 바람벽에
내 가난한 늙은 어머니가 있다
내 가난한 늙은 어머니가
이렇게 시퍼러둥둥하니 추운 날인데 차디찬 물에 손은 담그고 무이며
배추를 씻고 있다
내 사랑하는 사람이 있다
내 사랑하는 어여쁜 사람이
어늬 먼 앞대 조용한 개포가의 나즈막한 집에서
그의 지아비와 마주앉어 대구국을 끓여놓고 저녁을 먹는다
벌써 어린것도 생겨서 옆에 끼고 저녁을 먹는다
그런데 또 이즈막하야 어느 사이엔가
이 흰 바람벽엔
내 쓸쓸한 얼골을 쳐다보며

이러한 글자들이 지나간다

— 나는 이 세상에서 가난하고 외롭고 높고 쓸쓸하니 살어가도록 태어났다

그리고 이 세상을 살어가는데

내 가슴은 너무도 많이 뜨거운 것으로 호젓한 것으로 사랑으로 슬픔으로 가득찬다

그리고 이번에는 나를 위로하는 듯이 나를 울력하는 듯이

눈질을 하며 주먹질을 하며 이런 글자들이 지나간다

— 하늘이 이 세상을 내일 적에 그가 가장 귀해하고 사랑하는 것들은 모두

가난하고 외롭고 높고 쓸쓸하니 그리고 언제나 넘치는 사랑과 슬픔 속에 살도록 만드신 것이다

초생달과 바구지꽃과 짝새와 당나귀가 그러하듯이

그리고 또 '프랑시쓰 쨈'과 도연명(陶淵明)과 '라이넬 마리아 릴케'가 그러하듯이

촌에서 온 아이

촌에서 온 아이여
촌에서 어제밤에 승합자동차(乘合自動車)를 타고 온 아이여
이렇게 추운데 옷동에 무슨 두룽이 같은 것을 하나 걸치고 아랫두리는
쪽 발가벗은 아이여
뽈다구에는 징기징기 앙괭이를 그리고 머리칼이 놀한 아이여
힘을 쓸랴고 벌써부터 두 다리가 푸둥푸둥하니 살이 찐 아이여
너는 오늘 아침 무엇에 놀라서 우는구나
분명코 무슨 거짓되고 쓸데없는 것에 놀라서
그것이 네 맑고 참된 마음에 분해서 우는구나
이 집에 있는 다른 많은 아이들이
모도들 욕심 사납게 지게굳게 일부러 청을 돋혀서
어린아이들 치고는 너무나 큰소리를 너무나 뒤접 많은 소리로 울어대
는데
너만은 타고난 그 외마디 소리로 스스로웁게 삼가면서 우는구나
네 소리는 조금 썩심하니 쉬인 듯도 하다
네 소리에 내 마음은 반끗히 밝어오고 또 호끈히 더워오고 그리고 즐거
워온다
나는 너를 껴안어 올려서 네 머리를 쓰다듬고 힘껏 네 작은 손을 쥐고
흔들고 싶다
네 소리에 나는 촌 농사집의 저녁을 짓는 때
나주볕이 가득 드리운 밝은 방 안에 혼자 앉어서
실 감기며 버선짝을 가지고 쓰렁쓰렁 노는 아이를 생각한다

또 여름날 낮 기운 때 어른들이 모두 벌에 나가고 텅 뷔인 집 토방에서

햇강아지의 쌀랑대는 성화를 받어가며 닭의 똥을 주워 먹는 아이를 생
각한다

촌에서 와서 오늘 아침 무엇이 분해서 우는 아이여

너는 분명히 하늘이 사랑하는 시인이나 농사꾼이 될 것이로다

조당(藻塘)에서

나는 지나(支那)나라 사람들과 같이 목욕을 한다
무슨 은(慇)이며 상(商)이며 월(越)이며 하는 나라 사람들의 후손들과 같이
한 물통 안에 들어 목욕을 한다
서로 나라가 다른 사람인데
다들 쪽 발가벗고 같이 물에 몸을 녹이고 있는 것은
대대로 조상도 서로 모르고 말도 제각금 틀리고 먹고 입는 것도 모두 다
른데
이렇게 발가들 벗고 한 물에 몸을 씻는 것은
생각하면 쓸쓸한 일이다
이 딴 나라 사람들이 모두 이마들이 번번하니 넓고 눈은 컴컴하니 흐
리고
그리고 길쯤한 다리에 모두 민숭민숭하니 다리털이 없는 것이
이것이 나는 왜 자꾸 슬퍼지는 것일까
그런데 저기 나무판장에 반쯤 나가 누어서
나주볕을 한없이 바라보며 혼자 무엇을 즐기는 듯한 목이 긴 사람은
도연명(陶淵明)은 저러한 사람이였을 것이고
또 여기 더운 물에 뛰어들며
무슨 물새처럼 악악 소리를 지르는 삐삐 파리한 사람은
양자(楊子)하는 사람은 아모래도 이와 같었을 것만 같다
나는 시방 옛날 진(晉)이라는 나라나 위(衛)라는 나라에 와서
내가 좋아하는 사람들을 만나는 것만 같다
이리하야 어쩐지 내 마음은 갑자기 반가워지나

그러나 나는 조금 무서웁고 외로워진다

그런데 참으로 그 은(殷)이며 상(商)이며 월(越)이며 위(衛)며 진(晋)이며 하는 나라 사람들의 이 후손들은

얼마나 마음이 한가하고 게으른가

더운 물에 몸을 불키거나 때를 밀거나 하는 것도 잊어버리고

제 배꼽을 들여다보거나 남의 낯을 쳐다보거나 하는 것인데

이러면서 그 무슨 제비의 춤이라는 연소탕(燕巢湯)이 맛도 있는 것과

또 어늬 바루 새악씨가 곱기도 한 것 같은 것을 생각하는 것일 것인데

나는 이렇게 한가하고 게으르고 그러면서 목숨이라든가 인생이라든가 하는 것을 정말 사랑할 줄 하는

그 오래고 깊은 마음들이 참으로 좋고 우러러진다

그러나 나라가 서로 다른 사람들이

글쎄 어린아이들도 아닌데 쪽 발가벗고 있는 것은

어쩐지 조금 우스웁기도 하다

두보(杜甫)나 이백(李白)같이

오늘은 정월 보름이다

대보름 명절인데

나는 멀리 고향을 나서 남의 나라 쓸쓸한 객고에 있는 신세로다

옛날 두보나 이백 같은 이 나라의 시인도

먼 타관에 나서 이날을 맞은 일이 있었을 것이다

오늘 고향의 내 집에 있는다면

새 옷을 입고 새 신도 신고 떡과 고기도 억병 먹고

일가친척들과 서로 모여 즐거이 웃음으로 지날 것이였만

나는 오늘 때 묻은 입든 옷에 마른 물고기 한 토막으로

혼자 외로이 앉어 이것저것 쓸쓸한 생각을 하는 것이다

옛날 그 두보나 이백 같은 이 나라의 시인도

이날 이렇게 마른 물고기 한 토막으로 외로히 쓸쓸한 생각을 한 적도 있었을 것이다

나는 이제 어느 먼 외진 거리에 한 고향 사람의 조고마한 가업집이 있는 것을 생각하고 이 집에 가서 그 맛스러운 떡국이라도 한 그릇 사먹으리라 한다

우리네 조상들이 먼먼 옛날로부터 대대로 이날엔 으레히 그러하며 오듯이

먼 타관에 난 그 두보(杜甫)나 이백(李白) 같은 이 나라의 시인도 이날은 그 어느 한 고향 사람의 주막이나 반관(飯館)을 찾어가서

그 조상들이 대대로 하던 본대로 원소(元宵)라는 떡을 입에 대며

스스로 마음을 느꾸어 위안하지 않았을 것인가

그러면서 이 마음이 맑은 옛 시인들은
먼 훗날 그들의 먼 훗자손들도
그들의 본을 따서 이날에는 원소를 먹을 것을
외로히 타관에 나서도 이 원소를 먹을 것을 생각하며
그들이 아득하니 슬펐을 듯이
나도 떡국을 놓고 아득하니 슬플 것이로다
아, 이 정월(正月) 대보름 명절인데
거리에는 오독독이 탕탕 터지고 호궁(胡弓) 소리 뻘뻘 높아서
　내 쓸쓸한 마음엔 자꾸 이 나라의 옛 시인들이 그들의 쓸쓸한 마음들이
생각난다
　내 쓸쓸한 마음은 아마 두보(杜甫)나 이백(李白) 같은 사람들의 마음인지
도 모를 것이다
　아무려나 이것은 옛투의 쓸쓸한 마음이다

목구(木具)

　오대(五代)나 나린다는 크나큰 집 다 찌그러진 들지고방 어득시근한 구석에서 쌀독과 말쿠지와 숫돌과 신뚝과 그리고 옛적과 또 열두 데석님과 친하니 살으면서

　한 해에 몇 번 매연지난 먼 조상들의 최방등 제사에는 컴컴한 고방 구석을 나와서 대멀머리에 외양맹건을 지르터 맨 늙은 제관의 손에 정갈히 몸을 씻고 교우 위에 모신 신주 앞에 환한 촛불 밑에 피나무 소담한 제상 위에 떡 보탕 식혜 산적 나물지짐 반봉 과일들을 공손하니 받들고 먼 후손들의 공경스러운 절과 잔을 굽어보고 또 애끊는 통곡과 축을 귀애하고 그리고 합문 뒤에는 흠향 오는 구신들과 호호히 접하는 것

　구신과 사람과 넋과 목숨과 있는 것과 없는 것과 한줌 흙과 한점 살과 먼 옛조상과 먼 훗자손의 거룩한 아득한 슬픔을 담는 것

　내 손자의 손자와 손자와 나와 할아버지와 할아버지의 할아버지와 할아버지의 할아버지의 할아버지와…… 수원 백씨(水原白氏) 정주 백촌(定州白村)의 힘세고 꿋꿋하나 어질고 정 많은 호랑이 같은 곰 같은 소 같은 피의 비 같은 밤 같은 달 같은 슬픔을 담는 것 아 슬픔을 담는 것

산(山)

머리 빗기가 싫다면
이가 들구 나서
머리채를 끄을구 오른다는
산(山)이 있었다

산(山) 너머는
겨드랑이에 깃이 돋아서 장수가 된다는
더꺼머리 총각들이 살아서
색씨 처녀들을 잘도 업어간다고 했다
산(山)마루에 서면
멀리 언제나 늘 그물그물
그늘만 친 건넌산(山)에서
벼락을 맞아 바윗돌이 되었다는
큰 땅괭이 한 마리
수염을 뻗치고 건너다보는 것이 무서웠다

그래도 그 쉬영꽃 진달래 빨가니 핀 꽃바위 너머
산(山) 잔등에는 가지취 뻐국채 게루기 고사리 산나물판
산(山)나물 냄새 물씬물씬 나는데
나는 복장노루를 따라 뛰었다

적막강산

오이밭에 벌배채 통이 지는 때는
산에 오면 산 소리
벌로 오면 벌 소리

산에 오면
큰솔밭에 뻐꾸기 소리
잔솔밭에 덜거기 소리

벌로 오면
논두렁에 물닭의 소리
갈밭에 갈새 소리

산으로 오면 산이 들썩 산 소리 속에 나 홀로
벌로 오면 벌이 들썩 벌 소리 속에 나 홀로

정주(定州) 동림(東林) 구십(九十)여 리(里) 긴긴 하로길에
산에 오면 산 소리 벌에 오면 벌 소리
적막강산에 나는 있노라

마을은 맨천 구신이 돼서

나는 이 마을에 태어나기가 잘못이다
마을은 맨천 구신이 돼서
나는 무서워 오력을 펼 수 없다
자 방 안에는 성주님
나는 성주님이 무서워 토방으로 나오면 토방에는 디운구신
나는 무서워 부엌으로 들어가면 부엌에는 부뜨막에 조앙님

나는 뛰쳐나와 얼른 고방으로 숨어버리면 고방에는 또 시렁에 데석님
나는 이번에는 굴통 모퉁이로 달아가는데 굴통에는 굴대장군
얼혼이 나서 뒤울 안으로 가면 뒤울 안에는 곱새녕 아래 털능구신
나는 이제는 할 수 없이 대문을 열고 나가려는데
대문간에는 근력 세인 수문장

나는 겨우 대문을 삐쳐나 바깥으로 나와서
밭 마당귀 연자간 앞을 지나가는데 연자간에는 또 연자당구신
나는 고만 디겁을 하여 큰 행길로 나서서
마음 놓고 화리서리 걸어가다 보니
아아 말 마라 내 발뒤축에는 오나가나 묻어다니는 달걀구신
마을은 온데간데 구신이 돼서 나는 아무 데도 갈 수 없다

칠월백중

마을에서는 세불 김을 다 매고 들에서
개장취념을 서너 번 하고 나면
백중 좋은 날이 슬그머니 오는데
백중날에는 새악씨들이
생모시치마 천진푀치마의 물팩치기 껑추렁한 치마에
쇠주푀적삼 항나적삼의 자지고름이 기드렁한 적삼에
한끝나게 상나들이옷을 있는 대로 다 내 입고
머리는 다리를 서너 켜레씩 들어서
시뻘건 꼬둘채댕기를 삐뚜룩하니 해 꽂고
네날백이 따백이신을 맨발에 바꿔 신고
고개를 몇이라도 넘어서 약물터로 가는데
무썩무썩 더운 날에도 벌 길에는
건들건들 씨언한 바람이 불어오고
허리에 찬 남갑사 주머니에는 오랫만에 돈푼이 들어 즈벅이고
광지보에서 나온 은장두에 바눌집에 원앙에 바둑에
번들번들하는 노리개는 스르럭스르럭 소리가 나고
고개를 몇이라도 넘어서 약물터로 오면
약물터엔 사람들이 백재일치듯 하였는데
붕가집에서 온 사람들도 만나 반가워하고
깨죽이며 문주며 섶가락 앞에 송구떡을 사서 권하거니 먹거니 하고
그러다는 백중 물을 내는 소내기를 함뿍 맞고
호주를 하니 젖어서 달아나는데

이번에는 꿈에도 못 잊는 봉갓집에 가는 것이다
봉가집을 가면서도 칠월(七月) 그믐 초가을을 할 때까지
평안하니 집살이를 할 것을 생각하고
애끼는 옷을 다 적시어도 비는 씨원만 하다고 생각한다

남신의주 유동 박시봉방(南新義州 柳洞 朴時逢方)

어느 사이에 나는 아내도 없고, 또,

아내와 같이 살던 집도 없어지고,

그리고 살뜰한 부모며 동생들과도 멀리 떨어져서,

그 어느 바람 세인 쓸쓸한 거리 끝에 헤매이었다.

바로 날도 저물어서

바람은 더욱 세게 불고, 추위는 점점 더해 오는데,

나는 어느 목수(木手)네 집 헌 샅을 깐,

한 방에 들어서 쥔을 붙이었다.

이리하여 나는 이 습내 나는 춥고, 누긋한 방에서,

낮이나 밤이나 나는 나 혼자도 너무 많은 것같이 생각하며,

딜옹배기에 북덕불이라고 담겨오면,

이것을 안고 손을 쬐며 재 위에 뜻 없이 글자를 쓰기도 하며,

또 문밖에 나가지두 않고 자리에 누어서,

머리에 손깍지베개를 하고 굴기도 하면서,

나는 내 슬픔이며 어리석음이며를 소처럼 연하여 쌔김질하는 것이었다.

내 가슴이 꽉 메어올 적이며,

내 눈에 뜨거운 것이 핑 괴일 적이며,

또 내 스스로 화끈 낯이 붉도록 부끄러울 적이며,

나는 내 슬픔과 어리석음에 눌리어 죽을 수밖에 없는 것을 느끼는 것이
었다.

그러나 잠시 뒤에 나는 고개를 들어,

허연 문창을 바라보든가 또 눈을 떠서 높은 천장을 쳐다보는 것인데,

이때 나는 내 뜻이며 힘으로, 나를 이끌어가는 것이 힘든 일인 것을 생
각하고,

이것들보다 더 크고, 높은 것이 있어서, 나를 마음대로 굴려가는 것을
생각하는 것인데,

이렇게 하여 여러 날이 지나는 동안에,

내 어지러운 마음에는 슬픔이며, 한탄이며, 가라앉을 것은 차츰 앙금이
되어 가라앉고,

외로운 생각만이 드는 때쯤해서는,

더러 나줏손에 쌀랑쌀랑 싸락눈이 와서 문창을 치기도 하는 때도 있
는데,

나는 이런 저녁에는 화로를 더욱 다가 끼며, 무릎을 꿇어보며,

어니 먼 산 뒷옆에 바우 섶에 따로 외로이 서서,

어두어오는데 하이야니 눈을 맞을, 그 마른 잎새에는,

쌀랑쌀랑 소리도 나며 눈을 맞을,

그 드물다는 굳고 정한 갈매나무라는 나무를 생각하는 것이었다.

동화시

집게네 네 형제

어느 바닷가
물웅덩이에
깊지도 얕지도 않은
물웅덩이에
집게 네 형제가
살고 있었네.

막내동생 하나를
내어놓은
집게네 세 형제
그 누구나
집게로 태어난 것
부끄러웠네.

남들같이
굳은 껍질 쓰고
남들같이
고운 껍질 쓰고
뽐내며 사는 것이
부러웠네.

그래서

맏형은
굳고 굳은
강달소라 껍질 쓰고
강달소라 꼴을 하고
강달소라 짓을 했네.

그래서
둘째 동생은
곱고 고운
배꼽조개 껍질 쓰고
배꼽조개 꼴을 하고
배꼽조개 짓을 했네.

그래서
셋째 동생은
곱고도 굳은
우렁이 껍질 쓰고
우렁이 꼴을 하고
우렁이 짓을 했네

그러나
막내 동생은

아무것도 아니 쓰고
아무 꼴도 아니하고
아무 짓도 아니하고
집게로 태어난 것
부끄러워 아니했네.

그런데
어느 하루
밀물이 많이 밀어
물웅덩이 밀물에
잠겨버렸네.

이때에 그만이야
강달소라 먹고 사는
이빨 센 오뎅이가
밀물 따라
떠들어 와
강달소라 보더니만
우두둑 우두둑
깨물었네.

강달소라 껍질 쓰고

강달소라 꼴을 하고
강달소라 짓을 하던
맏형 집게는
이렇게 죽고 말았네.

그런데
어느 하루
난데없는 낚시질꾼
주춤주춤 오더니
물웅덩이 기웃했네.

이때에 그만이야
망둥이 미끼 하는
배꼽조개 보더니만
낚시질꾼
얼른 주워
돌에 놓고 돌로 쳐서
오지끈오지끈
부서졌네.

배꼽조개 껍질 쓰고
배꼽조개 꼴을 하고

배꼽조개 짓을 하던
둘째 동생 집게는
이렇게 죽고 말았네.

그런데
어느 하루
부리 굳은 황새가
진창 묻은 발 씻으러
물웅덩이 찾아왔네

이때에 그만이야
황새가 좋아하는
우렁이 하나
기어가자
황새는 굳은 부리
우렁이 등에 쿡 박고
오싹바싹
쪼박냈네.

우렁이 껍질 쓰고
우렁이 꼴을 하고
우렁이 짓을 하던

셋째 동생 집게는
이렇게 죽고 말았네.

그러나
막내 동생
아무것도 아니 쓰고
아무 꼴도 아니 하고
아무 짓도 아니 해서
오뎅이가 떠와도
겁 안 나고
낚시질꾼 기웃해도
겁 안 나고
황새가 찾아와도
겁 안 났네.

집게로 태어난 것
부끄러워 아니하는
막내 동생 집게는
평안하게 잘살았네.

쫓기달래

오월이는 작은 종
그 엄마는 큰 종
사나운 주인이
마소처럼 부리는
오월이는 작은 종
그 엄마는 큰 종.

하루는 그 엄마
먼 곳으로 일을 가
해가 져도 안 왔네
밤이 돼도 안 왔네.

오월이는 추워서
엄마 찾아 울었네,
오월이는 배고파
엄마 찾아 울었네.

배고프고 추워서
울던 오월이
주인집 부엌으로
몸 녹이러 갔네.

부엌에는 부뚜막에
쉬찰밥 한 양푼
주인네 먹다 남은
쉬찰밥 한 양푼.

오월이는 어린아이
한종일 굶은 아이,
쉬찰밥 한 덩이
입으로 가져갔네.

이때에 주인마님
샛문 벌컥 열었네,
밥 한 덩이 입에 문
오월이를 보았네.

한 덩이 찰밥을
입에 문 채로
오월이는 매 맞았네
매 맞고 쫓겨났네.

춥디추운 밖으로
쫓겨난 오월이

캄캄한 어둔 밤에
엄마 찾아 울었네.

행길로 우물가로
엄마 찾아 울다가
앞터밭 밭고랑에
얼어붙고 말았네.

주인집 쉰밥 덩이
먹지도 못하고
어린 종 오월이는
얼어 죽고 말았네,
엄마도 못 보고
얼어 죽고 말았네.

그 이듬해 이른 봄
얼었던 땅 풀리자
오월이가 얼어 죽은
앞터밭 고랑에
남 먼저 머리 들고
달래 한 알 나왔네.

이 달래 어떤 달래
곱디고운 붉은 달래,
다른 달래 다 흰데
이 달래 붉은 달래,
쉬찰밥이 붉듯이
이 달래 붉은 달래.

쉬찰밥 한 덩이로
얼어 죽은 오월이,
원통하고 슬퍼서
달래 되어 나왔네,
쉬찰밥이 아니 잊혀
쉬찰밥빛 그대로,
엄마가 보고 싶어
이른 봄에 나왔네.

사나운 주인에게
쫓겨나 죽은
불쌍한 오월이가
죽어서 된 이 달래,
세상 사람 이름 지어
쫓기달래.

이 달래 가엾어서
이 달래 애처로워
세상에선 이 달래를
차마 못 먹네.

오징어와 검복

오징어는
오랫동안
뼈가 없이 살았네.

오징어는
뼈가 없어
힘 못 쓰고,
힘 못 써서
일 못 하고
일 못 하여
헐벗고 굶주렸네.

헐벗고 굶주린
오징어는 생각했네─
(남들에게 다 있는 뼈
내게는 왜 없을까?)

오징어는 아무리
생각해 봐도
저로서는 그 까닭
알 수가 없어
이곳저곳 찾아가

물어보았네.

오징어는 맨 처음
농어 보고 물었네
(내게는 왜
뼈가 없나?
어찌하면
뼈를 얻나?)

농어가 그 말에 대답했네—
(너는 세상 날 때부터
뼈가 없단다,
뼈 없이 그대로
살아가야지.)

오징어는
농어의 말
믿기잖고 분하여,
그래서 이번에는
도미 보고 물었네
(내게는 왜
뼈가 없나?

어찌하면
뼈를 얻나?)

도미가 그 말에 대답했네—
(너는 네가 못난 탓에
제 뼈까지 잃은 거지.
못난 것은 뼈 없이
살아가야지.)

오징어는
도미의 말
믿기잖고 분하여,
그래서 이번에는
장대 보고 물었네
(나는 왜
뼈가 없나?
어찌하면
뼈를 얻나?)

장대는 이 말에 대답했네—
(네게두 남과 같이
뼈가 있었지.

160

그러던 걸 욕심쟁이
검복이란 놈
감쪽같이 너를 속여
빼앗아갔지.
검복을 찾아가서
뼈를 도로 내라 해라.)

장대가 하는 말을
옳게 여긴 오징어
검복에게 달려가서
빼앗은 뼈 내라 했네.

그러나 검복은
소문난 욕심쟁이,
남의 뼈를 빼앗아다
제 뼈를 만드는 놈.

오징어가 하는 말을
검복은 듣지 않고
그 굳은 이빨 벌려
오징어를 물려 했네.

오징어는 겁이 나서
뺏긴 뼈를 못 찾은 채
도망쳐 달아나다
장대와 마주쳤네.

오징어가 하는 말을
다 듣고 난 장대
오징어께 이런 말
일러주었네—
(제 것을 빼앗기고
도로 찾지 못하는 건
그것은 겁쟁이
그것은 못난이.

검복이 힘 세다고
싸우지 않고
겁이 나 쫓긴다면
빼앗긴 뼌 못 찾지.)

장대의 말을 듣고
오징어 마음먹었네—
목숨 걸고 검복과

싸워내기로.

오징어는 그 이튿날
검복을 또 찾아가
빼앗아간 제 뼈를
도로 내라 하였네.

그러나 검복은
소문난 욕심쟁이,
오징어의 옳은 말
들으려고 아니했네.

그리고 두 눈깔
뚝 부릅뜨고
그 굳은 이빨
떡 벌리고
찌르륵 소리
높닿게 치며
오징어를 물려고
달려들었네.

그러나 오징어는

어제와 달라
겁먹고 달아날
그는 이미 아니었네.

무섭게 달려드는
겁복에게로
오징어도 맞받아
달려들며
입을 쩍 벌리면서
먹물 토했네.
시꺼먼 먹물을
찍찍 토했네.

검복은 먹물 속에
눈 못 뜨고
숨 못 쉬고
갈팡질팡 야단났네,
이 통에 오징어는
검복의 등을 타고
옆구리를 푹 찔러
갈비뼈 하나 빼내었네.

그런데 바로 이때
검복의 질러대는
죽어가는 소리 듣고
우르르 달려왔네—
농어가 달려왔네,
도미가 달려왔네.

그것들은 달려와
검복과 한편되어
오징어께 대들었네,

오징어는 할 수 없이
달아나고 말았네.
빼앗긴 뼈 중에서
하나만을 겨우 찾고
분한 마음 참으며
할 수 없이 돌아왔네.

잘 싸우고 돌아온
오징어를 찾아와서
장대는 말하였네—
(우리들이

도와줄게
빼앗긴 뼈
다 찾으라.)

그러자 그 뒤 이어
칼치 달째 찾아와서
오징어께 말하였네―
(우리들이
도와줄게
빼앗긴 뼈
다 찾으라.)

그러자 오징어는
마음먹었네―
못 다 찾은 제 뼈를
다 찾고야 말려고.
굳게굳게 이렇게
마음먹은 오징어,
검복과 싸우려고
먹물 물고 다닌다네.

검복과 한편되어

검복을 도와주는
검복과 같은 원수—
농어와 도미와도
오징어는 싸우려고
먹물 물고 다닌다네.

뼈 없던 오징어께
뼈 하나가 생긴 것은
바로 그때 일.

그러나 빼앗긴 뼈
아직까지 다 못 찾아
오징어는 외뼈라네.

살결 곱던 검복이
얼룩덜룩해진 것은
바로 그때 일.

오징어가 토한 먹물
그 몸에 온통 묻어
씻어도 씻어도 얼룩덜룩.

개구리네 한솥밥

옛날 어느 곳에
개구리 하나 살았네,
가난하나 마음 착한
개구리 하나 살았네.

하루는 이 개구리
쌀 한 말을 얻어 오려
벌 건너 형을 찾아
길을 나섰네.

개구리 덥적덥적
길을 가노라니
길가 보도랑에
우는 소리 들렸네.

개구리 닁큼 뛰어
도랑으로 가 보니
소시랑게 한 마리
엉엉 우네.

소시랑게 우는 것이
가엾기도 가엾어

개구리는 뿌구국
물어보았네—
(소시랑게야
너 왜 우니?)

소시랑게 울다 말고
대답하였네—
(발을 다쳐
아파서 운다.)

개구리는 바쁜 길
잊어버리고
소시랑게 다친 발
고쳐주었네.

개구리 또 덥적덥적
길을 가노라니
길 아래 논두렁에
우는 소리 들렸네.

개구리 닁큼 뛰어
논두렁에 가 보니

방아다리 한 마리
엉엉 우네.

방아다리 우는 것이
가엾기도 가엾어
개구리는 뿌구국
물어보았네―
(방아다리야
너 왜 우니?)

방아다리 울다 말고
대답하는 말―
(길을 잃고
갈 곳 몰라 운다.)

개구리는 바쁜 길
잊어버리고
길 잃은 방아다리
길 가리켜주었네.

개구리 또 덥적덥적
길을 가노라니

길 복판 땅구멍에
우는 소리 들렸네.

개구리 닁큼 뛰어
땅구멍에 가 보니
소똥굴이 한 마리
엉엉 우네.

소똥굴이 우는 것이
가엾기도 가엾어
개구리는 뿌구국
물어보았네—
(소똥굴이야
너 왜 우니?)

소똥굴이 울다 말고
대답하는 말—
(구멍에 빠져
못 나와 운다.)

개구리는 바쁜 길
잊어버리고

구멍에 빠진 소똥굴이
끌어내 줬네.

개구리 또 덥적덥적
길을 가노라니
길섶 풀숲에서
우는 소리 들렸네.

개구리 닁큼 뛰어
풀숲으로 가보니
하늘소 한 마리
엉엉 우네.

하늘소 우는 것이
가엾기도 가엾어
개구리는 뿌구국
물어보았네—
(하늘소야,
너 왜 우니?)

하늘소 울다 말고
대답하는 말—

(풀대에 걸려
가지 못해 운다.)

개구리는 바쁜 길
잊어버리고
풀에 걸린 하늘소
놓아주었네.

개구리 또 덥적덥적
길을 가노라니
길 아래 웅덩이에
우는 소리 들렸네.

개구리 닝큼 뛰어
물웅덩이 가보니
개똥벌레 한 마리
엉엉 우네.

개똥벌레 우는 것이
가엾기도 가엾어
개구리 뿌구국
물어보았네—

(개똥벌레야
너 왜 우니?)

개똥벌레 울다 말고
대답하는 말—
(물에 빠져
나오지 못해 운다.)

개구리는 바쁜 길
잊어버리고
물에 빠진 개똥벌레
건져주었네.

발 다친 소시랑게
고쳐주고,
길 잃은 방아다리
길 가리켜주고,
구멍에 빠진 소똥굴이
끌어내 주고,
풀에 걸린 하늘소
놓아주고,
물에 빠진 개똥벌레

건져내 주고……

착한 일 하노라고
길이 늦은 개구리,
형네 집에 왔을 때는
날이 저물고,
쌀 대신에 벼 한 말
얻어서 지고
형네 집을 나왔을 땐
저문 날이 어두워,
어둔 길에 무겁게
짐을 진 개구리,
디퍽디퍽 걷다가는
앞으로 쓰러지고
디퍽디퍽 걷다가는
뒤로 넘어졌네.

밤은 깊고 길은 멀고
눈앞은 캄캄하여
개구리 할 수 없이
길가에 주저앉아
어찌할까 이리저리

걱정하였네.

그러자 웬일인가,
개똥벌레 윙 하니
날아오더니
가쁜 숨 허덕허덕
말 물었네—
(개구리야, 개구리야
무슨 걱정하니?)

개구리 이 말에
뿌구국 대답했네—
(어두운 길 갈 수 없어
걱정한다.)

그랬더니 개똥벌레
등불 받고 앞장서,
어둡던 길 밝아졌네.

어둡던 길 밝아져
개구리 가기 좋으나
등에 진 짐 무거워

등은 달고
다리 떨렸네.

개구리 할 수 없이
길가에 주저앉아
어찌할까 이리저리
걱정하였네.

그러자 웬일인가
하늘소 씽하니
날아오더니
가쁜 숨 허덕허덕
말 물었네—
(개구리야, 개구리야
무슨 걱정하니?)

개구리 이 말에
뿌구국 대답했네—
(무거운 짐 지고 못 가
걱정한다.)

그랬더니 하늘소

무거운 짐 받아 지고
개구리 뒤따랐네.

무겁던 짐 벗어놓아
개구리 가기 좋으나,
길 복판에 소똥 쌓여
넘자면 굴어나고
돌자면 길 없었네.

개구리 할 수 없이
길가에 주저앉아
어찌할까 이리저리
걱정하였네.

그러자 웬일인가
소똥굴이 횡 하니
굴러오더니
가쁜 숨 허덕허덕
말 물었네―
(개구리야, 개구리야
무슨 걱정하니?)

개구리 이 말에
뿌구국 대답했네—
(소똥 쌓여 못 가고
걱정한다.)

그랬더니 소똥굴이
소똥 더미 다 굴리어,
막혔던 길 열리었네.

막혔던 길 열리어
개구리 잘도 왔으나,
얻어 온 벼 한 말을
방아 없이 어찌 찧나?
방아 없이 어찌 쓸나?
개구리 할 수 없이
마당가에 주저앉아
어찌할까 이리저리
걱정하였네.

그러자 웬일인가
방아다리 껑충
뛰어오더니

가쁜 숨 허덕허덕
말 물었네—
(개구리야, 개구리야
무슨 걱정하니?)

개구리 이 말에
뿌구국 대답했네—
(방아 없어 벼 못 찧고
걱정한다.)

그랬더니 방아다리
이 다리 찌꿍 저 다리 찌꿍
벼 한 말을 다 찧었네.

방아 없이 쌀을 찧어
개구리는 기뻤으나
불을 땔 장작 없어
쓿은 쌀을 어찌하나,
무엇으로 밥을 짓나!

개구리 할 수 없이
문턱에 주저앉아

어찌할까 이리저리
걱정하였네.

그러자 웬일인가
소시랑게 비르륵
기어오더니
가쁜 숨 허덕허덕
말 물었네—
(개구리야, 개구리야
무슨 걱정하니?)

개구리 이 말에
뿌구국 대답했네—
(장작 없어 밥 못 짓고
걱정한다.)

그랬더니 소시랑게
풀룩풀룩 거품 지어
흰 밥 한솥 잦히었네.

장작 없이 밥을 지은
개구리는 좋아라고

뜰악에 멍석 깔고
모두들 앉히었네.

불을 받아준
개똥벌레,
짐을 져다준
하늘소,
길을 치워준
소똥굴이,
방아 찧어준
방아다리,
밥을 지어준
소시랑게,
모두모두 둘러앉아
한솥밥을 먹었네.

귀머거리 너구리

어느 산속에
귀머거리 너구리가
살고 있었네.

어느 날 밤
마을 가까운
강냉이밭에
곰도, 멧돼지도,
귀머거리 너구리도,
다 함께 내려와
강냉이를 따 먹었네.

그러자 밭임자 영감
두— 두— 소리쳤네.

그 소리 듣고
멧돼지가 먼저 달아났네,

그 뒤로 곰이 달아났네,
그러나 귀머거리 너구리
그 소리 들리지 않아
꿈쩍도 아니하고

뚝 하고 한 이삭
뚝 하고 두 이삭
강냉이만 따 먹었네,
그러면서 하는 말
(달아나긴 왜들 달아나?)

멧돼지와 곰은
달아나며 생각했네—
너구리는 저희들보다
겁 없고 용감하다고.

이리하여
귀밝은 도적놈들
귀먹은 도적놈을
우러러보았네.

어느 날 밤
마을 가까운
메밀밭에
오소리도 노루도
귀머거리 너구리도
다 함께 내려와

메밀을 훑어 먹었네.

그러자 밭임자네 개들이
컹— 컹— 짖어댔네.

그 소리 듣고
오소리가 먼저 달아났네,
그 뒤로 노루가 달아났네,
그러나 귀머거리 너구리
그 소리 들리지 않아
꿈쩍도 아니하고
쩝쩝하고 한 입
쩝쩝하고 두 입

메밀만 훑어 먹었네,
그러면서 하는 말
(달아나길 왜들 달아나?)

오소리와 노루는
달아나며 생각했네—
너구리는 저희들보다
겁 없고 용감하다고.

이리하여
귀밝은 도적놈들
귀먹은 도적놈을
우러러보았네.

어느 날 밤
마을 끝에 놓인
그 뉘집 닭의 홰에
여우도 삵이도
귀머거리 너구리도
다 함께 내려와
닭을 채려 하였네.

그러자 안방 마나님
탕! 하고 방문 열었네.

그 소리 듣고
여우가 먼저 달아났네,
그 뒤로 삵이가 달아났네,
그러나 귀머거리 너구리
그 소리 들리지 않아
꿈쩍도 아니하고

이리 쿡쿡
저리 쿡쿡
닭 냄새만 맡았네.
그러면서 하는 말
(달아나긴 왜들 달아나?)

여우와 삵이는
달아나며 생각했네—
너구리는 저희들보다
겁 없고 용감하다고.

이리하여
귀밝은 도적놈들
귀먹은 도적놈을
우러러보았네.

이리하여
귀먹은 도적놈은
귀밝은 도적놈들 속에서
겁 없고 용감한
첫째가는 도적놈 되었네.

그런데 한 번은
산 우에 사는 짐승—도적들
산 아래 마을 사람네
낟알을 **빼앗으려**
개 도야지를 잡아 먹으러
마을로 쳐내려와
산짐승들과 마을 사람들
서로 어울려 싸우게 됐네.

이때 산짐승들
하나 같이 말하였네—
겁 없고 용감한 너구리
대장으로 삼자고.

그리하여
귀머거리 너구리는
곰, 여우,
멧돼지, 오소리,
삵이, 노루……
뭇 짐승들의 대장되어
장하게도 앞장서서
싸우러 나갔네.

그런데 정말로는
겁 많은 너구리,
귀를 먹은 탓에
무서운 소리 못 듣고,
소리를 못 들은 탓에
용감하게 보이던 너구리,

바로 그 눈앞에
몽둥이 든 사람들
개들을 앞세우고
오는 것 보자,
그만이야 맨 먼저
질겁을 하며
네 발이 떠서 도망쳤네.

귀머거리 겁쟁인 줄
꿈에도 모르고
너구리를 대장 삼고
싸우러 나왔던

산짐승들 이때에야
깨닫고 한했네—

(귀머거리 겁쟁이
너구리를 대장 삼은
우리들이 얼마나
어리석은가!)

귀먹은 도적놈을
어리석게 대장 삼고
싸우러 나왔던
귀밝은 도적놈들
이리하여 싸움에서
지고 말았네.

산골 총각

어느 산골에
늙은 어미와
총각 아들 하나
가난하게 살았네.

집 뒤 높은 산엔
땅속도 깊이
고래 같은 기와집에
백 년 묵은 오소리가
살고 있었네.

가난한 사람네
쌀을 빼앗고
힘 없는 사람네
옷을 빼앗아
오소리는 잘 먹고 잘 입고
잘살아 갔네.

하루는 아들 총각
밭으로 일 나가며
뜰악에 널은 오조 멍석
늙은 어미 보라 했네

(어머니, 어머니,
오조 멍석 잘 보세요,
뒷산 오소리가
내려올지 몰라요.)

그러자 얼마 안 가
아니나 다를까
뒷산 오소리
앙금앙금 내려왔네.

오소리는 대바람에
조 멍석에 오더니
이 귀 차고
저 귀 차고
멍석을 두루루 말아
냉큼 들어
등에 지고
가려고 했네.

조 멍석을 지키던
늙은 그 어미
죽을 애를 다 써

소리지르며
오소리를 붙들고
멱씨름했네.

그러나 아뿔싸
늙은 어미 힘 없어
오소리의 뒷발에
채여서 쓰러졌네.

오소리는 좋아라고
오조 멍석 휘딱 지고
뒷산 제 집으로
재촉재촉 돌아갔네.

해 저물어
일 끝내고
아들 총각 돌아왔네.
오조 멍석
간 곳 없고
늙은 어미
쓰러졌네.

오소리의 한 짓인 줄
아들 총각 알아채고
슬프고 분한 마음
선길로 달려갔네,
오소리네 집을 찾아
뒷산으로 달려갔네.

아들 총각 문밖에서
듣는 줄도 모르고
오소리는 집 안에서
가들거려 하는 말 —

(오조 한 섬
져 왔으니
저것으로
무얼 할까?
밥을 질까
떡을 칠까
죽을 쑬까
범벅할까,

에라 궁금한데

떡이나 치자!)

오소리는 오조 한 말
푹푹 되어 지더니만
사랑 앞 독연자로
재촉재촉 나가누나.

이때 바로 아들 총각
오소리께 달려들어
덧거리도 힘껏 걸어
모으로 메쳐댔네.

그러나 오소리는
넘어질 듯 일어나
뒷발로 걸어 차서
아들 총각 쓰러졌네.

겨우겨우 제 집으로
돌아온 아들 총각

채인 것도 날이 지나
거의 다 아물으자

산 넘어 동쪽 마을
늙은 소를 찾아가서
오소리를 이기는 법
물어보았네

그랬더니 늙은 소가
대답하는 말—
(바른배지개 들어
바로 메쳐라.)

아들 총각 좋아라고
그길로 달려갔네,
오소리네 집이 있는
뒷산으로 달려갔네.

아들 총각 문밖에서
듣는 줄도 모르고
오소리는 집 안에서
가들거려 하는 말—

(기장 한 섬
져 왔으니

저것으로
무엇할까?
밥을 질까
떡을 칠까
죽을 쑬까
노치 지질까,

에라 입맛 없는데
죽이나 쑤자!)

오소리는 기장 한 말
푹푹 되어 지더니만
사랑 앞 독연자로
재촉재촉 나가누나.

이때 바로 아들 총각
오소리께 달려들어
바른배지개 들어
바로 메쳤네.

그러나 오소리는
넘어질 듯 일어나

대가리로 받아넘겨
아들 총각 쓰러졌네.

겨우겨우 제 집으로
돌아온 아들 총각

받긴 것도 날이 지나
거의 다 아물으자
산 너머 서쪽 마을
장수바위 찾아가서
오소리를 이기는 법
물어보았네.

그랬더니 장수바위
대답하는 말—
(왼배지개 들어
외로 메쳐라.)

아들 총각 좋아라고
그길로 달려갔네,
오소리네 집이 있는
뒷산으로 달려갔네.

아들 총각 문밖에서
듣는 줄도 모르고
오소리는 집 안에서
가들거려 하는 말—

(찰벼 한 섬
져 왔으니
저것으로
무엇할까?
밥을 질까
떡을 칠까
죽을 쑬까
전병 지질까

에라 시장한데
밥이나 짓자!)

오소리는 찰벼 한 말
폭폭 되어 지더니만
사랑 앞 독연자로
재촉재촉 나가누나.

이때 바로 아들 총각
오소리께 달려들어
왼배지개 들어
외로 메쳤네.

그러나 오소리는
넘어질 듯 일어나
이빨로 물고 닥채
아들 총각 쓰러졌네

겨우겨우 제 집으로
돌아온 아들 총각

물린 것도 날이 지나
거의 다 아물으자
산 너머 서쪽 마을
늙은 영감 찾아가서
오소리를 이기는 법
물어보았네.

그랬더니 늙은 영감
대답하는 말―

(통배지개 들어
거꾸로 메쳐라.)

아들 총각 좋아라고
그길로 달려갔네,
오소리네 집이 있는
뒷산으로 달려갔네.

아들 총각 문밖에서
듣는 줄도 모르고
오소리는 집 안에서
가들거려 하는 말—

(수수 한 섬
져 왔으니
저것으로
무엇 할까?
밥을 질까
떡을 칠까
죽을 쑬까
지짐 지질까,

에라 배도 부른데
지짐이나 지지자!)

오소리는 수수 한 말
푹푹 되어 지더니만
사랑 앞 독연자로
재촉재촉 나가누나.

이때 바로 아들 총각
오소리께 달려들어
통배지개 들어
거꾸로 메쳤네.

그러자 오소리는
쿵 하고 곤두박혀
네 다리 쭉 펴며
피두룩 죽고 말았네

가난한 사람네
쌀을 빼앗고
힘 없는 사람네
옷을 빼앗아

땅속에 고래 같은
기와집 짓고,
잘 입고 잘 먹던
백 년 묵은 오소리,
이렇게 하여
죽고 말았네.

그러자 아들 총각
이 산골 저 산골에
널리널리 소문났네—

백 년 묵은 오소리
둘러 메쳐 죽였으니
쌀 빼앗긴 사람
쌀 찾아가고,
옷 빼앗긴 사람
옷 찾아가라고.

그리고 땅속 깊이
고래 같은 기와집은
땅 위로 헐어내다
여러 채 집을 짓고

집 없는 사람들께
들어 살게 하였네.

이리하여 어느 산골
가난한 총각 하나,
오소리 성화 받던
이 산골, 저 산골을
평안히 마음 놓고
잘들 살게 하였네.

어리석은 메기

어느 산골
조그만 강에
메기 한 마리
살고 있었네.

넓적한 대가리
왁살스럽고
뚝 뻗친 수염
위엄이 있어,
모래지, 비들치,
잔고기들이
그 앞에선 슬슬
구멍만 찾았네.

산골에 흐르는
조그만 강이
메기에게는
을씨년스럽고,
산골 강에 사는
잔고기들이
메기에게는
심차지 않았네.

이런 메기는
그 언제나
용이 돼서 하늘로
오르고만 싶었네.

하루는 이 메기
꿈을 꾸었네―

조그만 강을
자꾸만 내려가
큰 강 되고,
크나큰 강을
자꾸만 내려가
넓은 바다 되더니,
넓은 바다
설레는 물 속에서
푸른 실, 붉은 실
입에 물고
하늘로 둥둥
높이 올랐네.

그러자 꿈을 깬

메기의 생각엔—
이것은 분명
용이 될 꿈.

메기는 너무도
기쁘고 기뻐
그 길로 강물을
내려갔네.

옆도 뒤도
돌볼 짬 없이
급히도 급히도
헤엄쳐 갔네.

옆에서 참게가
어디 가나 물으면
메기는 눈 거들떠
보지도 않고
(용이 되려 가네)
대답하였네.

뒤에서 뱀장어가

어디 가나 물으면
메기는 눈 돌이켜
보지도 않고
(용이 되려 가네)
대답하였네.

작은 강을
자꾸만 내려가
큰 강 되고,
큰 강을
자꾸만 내려가
넓은 바다 나설 때
늙은 숭어 한 마리
메기 앞을 막으며
어디로 가느냐
말 물었네.

메기는 장한 듯
대답하는 말—
(용이 되려 가네)

늙은 숭어 웃으며

다시 하는 말—
(이렇듯 늙은 나도
못 되는 용,
젊은 메기 네가
어떻게 된담!)

이 말 듣자 메기는
꿈 이야기 하였네—
그 좋은 꿈 이야기
늘어놓았네.

그러자 늙은 숭어
껄껄 웃어 하는 말—
(그것은 다름 아닌
낚시에 걸릴 꿈.)

이 말에 메기는
가슴이 철렁,
그러자 얼른
눈 둘러보니
실같이 가느단
빨간 지렁이

웬일인가 제 옆으로
흘러가누나.

작은 강, 큰 강
헤엄쳐 내리며
배도 출출히
고픈 김이라
용도 꿈도 낚시도
다 잊은 메기
지렁이도 낚싯줄도
덥석 물었네.

꿈에 물은 붉은 실
붉은 지렁이,
꿈에 물은 푸른 실
푸른 낚싯줄,
꿈에 둥둥 하늘로
오른 그대로
낚싯줄에 둥둥 달려
메기 올랐네.

어리석고 헛된

꿈을 믿어
용이 되려 바다로
내려왔다가
낚시에 걸려
죽게 된 메기
눈에 암암
자꾸만 보이는 것은
산골에 흐르는
조그만 강,
그 강에 사는
작은 고기들—
산골에 흐르는
조그만 강,
그 강에 사는
작은 고기들—
이것들이 차마
잊히지 않아
메기는 자꾸만
몸부림쳤네
낚시를 벗어나려
푸덕거렸네.

가재미와 넙치

옛날도 옛날
바다나라에
사납고 심술궂은
임금 하나 살았네.

하루는 이 임금
가재미를 불렀네,
가재미를 불러서
이런 말 했네ㅡ
(가재미야 가재미야,
하루 동안에
은어 3백 마리
잡아 바쳐라.)

이 말은 들은 가재미
어이없었네.
은어 3백 마리
어떻게 잡나!

하루 낮, 하루 밤이
다 지나가자
임금은 가재미를

다시 불렀네—
(은어 3백 마리
어찌 되었나?)

이 말에 가재미
능청맞게 말했네
(은어들을 잡으러
달려갔더니
그것들 미리 알고
다 달아났습디다.)

이 말 듣자 임금은
독같이 성이 나
가재미의 왼뺨을
후려갈겼네.

임금의 주먹바람
어떻게나 셌던지
가재미의 왼눈 날아
바른쪽에 가 붙었네.
가재미는 얼빠진 듯
물밑 깊이 달아나

모래 파고 들어 박혀
숨어버렸네.

사납고 심술궂은
바다나라 임금은
이리저리 가재미를
찾고 찾으나
가재미는 꼭꼭 숨어
보이지 않았네.

다음날 임금은
넙치를 불렀네,
넙치를 불러서
이런 말 했네
(넙치야, 넙치야,
하루 동안에
장치 3백 마리
잡아 바쳐라.)

이 말 들은 넙치
어이없었네,
장치 3백 마리

어떻게 잡나!

하루 낮, 하루 밤이
다 지나가자
임금은 넙치를
다시 불렀네―
(장차 3백 마리
어찌 되었나?)

이 말에 넙치는
능청맞게 말했네
(장차들을 잡으러
달려갔더니
그것들 미리 알고
다 달아났습디다.)

이 말 듣자 임금은
독같이 성이 나
넙치의 바른뺨을
후려 갈겼네.

임금의 주먹바람

어떻게나 셌던지
넙치의 바른눈 날아
왼쪽에 가 붙었네.

넙치는 얼빠진 듯
물밑 깊이 달아나
모래 파고 들어 박혀
숨어버렸네.

사납고 심술궂은
바다나라 임금은
이리저리 넙치를
찾고 찾으나
넙치는 꼭꼭 숨어
보이지 않았네.

가재미도 넙치도
이때로부터
물밑 모래판을
떠나지 않네.

이제는 바다나라

복된 나라,
사납고 심술궂은
임금도 없네.

그러나 옛일이
그대로 무서워
가재미와 넙치는
떠나지 않네,
물밑 모래판을
떠나지 않네.

나무 동무 일곱 동무

어느 깊은 산골짝
빽빽한 나무판에
나무 동무 일곱 동무
사이좋게 살아갔네.

이깔나무, 잣나무,
봇나무, 참나무,
박달, 분비 그리고 보섭—
어린 나무 동무들
즐거이 살아갔네.

나무 동무 일곱 동무
마음도 같아,
자라고 자라서
늙어 쓰러져
그대로 썩어지긴
차마 싫었네.

저희들이 태어난
이 나라에서
저희들의 힘대로
저희들의 원대로
나라 위해 일하려

마음먹었네.

바람 따사한 봄철날에
단풍잎 고운 가을날에
나무 동무 일곱 동무
모여 앉아서
서로들 오순도순
이야기했네—
(커서는 우리들
무엇이 될까?
커서는 우리들
무슨 일 할까?)

이럴 때면
잣나무는 말하였네—
(나는 커서
우리 아버지처럼
크나큰 집 문짝 되려네.)

보섭나무는 말하였네—
(나는 커서
우리 할아버지처럼
탄광의 동발 될 테야.)

이깔나무는 말하였네—
(나는 커서
우리 맏아버지처럼
높다란 전선대 될걸.)

분비나무는 말하였네—
(나는 커서
우리 형들처럼
고깃배의 배판장 된다누.)

봇나무는 말하였네—
(나는 커서
우리 아저씨처럼
희고 미끄러운 종이 되겠네.)

박달나무는 말하였네—
(나는 커서
우리 외삼촌처럼
밭갈이 연장 되고파.)

참나무는 말하였네—
(나는 커서
우리 작은아버지처럼

천도의 피목 될게야.)

나무 동무 일곱 동무
밤마다 꿈꾸었네—
피목이 되는 꿈
전선대가 되는 꿈
배판장이 되는 꿈
연장이 되는 꿈
동발이 되는 꿈
종이가 되는 꿈
문짝이 되는 꿈.

이렇게 즐겁게도
꿈꾸며 자라는
나무 동무 일곱 동무
겁들도 없어
곰이 와도 무섭지 않았네
범이 와도 무섭지 않았네
또 캄캄 어두운 밤도
무섭지 않았네.

이렇게 즐겁게도
꿈꾸며 자라는

나무 동무 일곱 동무
튼튼들도 해,
비바람에도 끄떡없이
눈보라에도 끄떡없이
또 찌는 듯 더운 삼복에도
끄떡 없이 자라갔네.

글쎄 송충이, 굼벵이,
섶누에, 돗벌레,
진두에 자벌레며 그리고 좀들……
나쁜 벌레들이
그들의 몸뚱이에
붙기라도 하면,

그럴 때면
어린 나무 일곱 나무
이런 말들 하였네—
(섶누에야 먹지 말아
나는 커서 동발 될 몸.)
(자벌레야 쏠지 말아
나는 커서 피목 될 몸.)
(진두야 끄리지 말아
나는 커서 종이 될 몸.)

(돗벌레야 파지 말아
나는 커서 배판장 될 몸.)
(좀아 집지 말아
나는 커서 연장 될 몸.)
(송충이야 깎지 말아
나는 커서 문짝 될 몸.)
(굼벵이야, 욱이지 말아
나는 커서 전선대 될 몸.)

이렇게 그들은
키 크고 몸도 나,
하늘이 낮다고
다 자라갈 때,

그것은 늦가을
어느 아침 날,
세상 소식 잘 아는
건넌산 늙은 까치,
푸르르 날아와
소식 전했네—

(나무 동무 일곱 동무
너희들은 아느냐—

원수들이 우리나라
쳐들어온걸?)

이 말 들은 나무 동무
일곱 동무,
그들의 마음
꿋꿋들도 해
이렇게 서로들
같은 말 했네―

(우리도 원수들과 싸워야 한다,
원수들이 산 위로 올라오면
산에서 우리 싸워대자.
그놈들이 오는 때엔
오는 길을 막고,
그놈들이 가는 때엔
가는 길을 막자.

그리고 나라에서
우리를 불러
싸움터로 나와 싸우라 하면
그때엔 우리 얼른
싸움터로 나가자―

참호의 서까래가 되어도 좋고
다리의 기둥이 되어도 좋다.)

늙은 까치 전하던
그 말은 맞아,
나무 동무 사는
골짜기 우로
원수놈의 비행기
날아다니고
원수놈의 폭격 소리
울려왔네.

그러던 어느 하루
눈은 많이 쌓이고
바람도 센 밤,

나무 동무 일곱 동무네
깊은 골짜기
그리로 무엇들 들어왔네,
사람인가 하면
사람 아니고
짐승인가 하면
짐승 아닌 것들,

기진맥진하여
들어왔네.

나무 동무 일곱 동무
보면 아는
그런 사람들이 아니었고
나무 동무 일곱 동무
들으면 아는
그런 말들이 아니었네.

눈보라치는
깊은 골짜기
추위와 어둠 속에
갈팡질팡,
나길 길, 찾아
헤매돌다가
쓰러지며 신음하는
몸뚱이 셋.

나무 동무 일곱 동무
이때 알았네—
그것들이 다름아닌
원수들인 줄.

나무 동무 일곱 동무
정신이 획 들며
원수에 대한 미움과 분함
그 마음들 깊이서 치솟았네.

이때에 나무 동무
일곱 동무
잎새 와슬렁 가지 우수수
가지가지 신호로
온 산에 알렸네
원수놈들 한 놈도
놓치지 말자고.

눈보라 날치는
무서운 밤
길 넘는 눈을
헤쳐가며
원수놈들 길을 뚫고
나가려고 애쓸 때

나무 동무 한 동무
이깔나무는

짐부러진 가지들에
지붕처럼 덮인 눈
내려쏟아 원수들께
눈벼락 내렸네.

나무 동무 한 동무
봇나무는

미끄러운 등걸에
원수놈들 기대자
날쌔게 몸을 삐쳐
놈들을 곤두박았네.

나무 동무 한 동무
보섭나무는

그 커다란 마른 잎새
설렁설렁 떨어
산속 유격대에게
원수놈들 알려주었네.

나무 동무 한 동무
분비나무는

억센 다리 떡 벌리고
골짜기의 목을 지켜
원수놈들 빠져나갈
길을 막았네.

나무 동무 한 동무
잣나무는

크나큰 그 키를
어둠 속에 늘여
볼수록 우뚝 더욱 커져서
원수들을 무서워 떨게 했네.

나무 동무 한 동무
참나무는

비탈에 가만히 숨어 서서
단단한 가지들을 힘껏 벌려
골짜기를 빠지려는 원수들의
목덜미를 잡아 제꼈네.

나무 동무 한 동무
박달나무는

세찬 바람에 소리 높이
회초리를 자꾸만 휘둘러서
밑으로 달려드는 원수들을
사정 없이 후려갈겼네.

나무 동무 일곱 동무
모두 다 용감히
있는 힘 다 내어
원수들과 싸웠네,

온 골짜기 나무들의
앞장을 서서
있는 힘 다 내어
원수들과 싸웠네.

그 뒤로 한 해 지난
어느 여름날
세상 소식 잘 아는
건넌산 늙은 까치
또다시 날아와
소식 전했네—

(나무 동무

230

일곱 동무
너희들은 아느냐?
우리나라 쳐왔던
흉악한 원수들
싸움에 지고
달아났단다!)

이 말 들은 나무 동무
일곱 동무
모두들 춤추며
기뻐하였네.
기뻐하며 다같이
생각하였네—

(나라에서 이제 우릴
부를지 몰라.
불타고 무너진 것
다시 세울 때,
전에 없던 것들을
새로 만들 때,
우리네 나무들은
없지 못할 것.

나라에서 우리들
부르는 때면
그때엔 몸과 마음
바쳐 나가자!)

나무 동무 일곱 동무
이 생각할 때
하루는 나라에서
사람 왔네,

그는 나무들을
부르러 온 사람,
나라에 몸 바칠 나무
부르러 온 사람,
나무들을 모아놓고
그는 말했네—

(원수들과 싸우고 난
나라에서는
나와서 일할 나무
기다리오,
전선대가 될 나무,
배판장이 될 나무,

동발 괴목이 될 나무,
문짝 연장이 될 나무,
그리고 종이가 될 나무를
간절히 기다리오.)

이 말 들은 나무 동무,
나무 동무 일곱 동무
저마끔 먼저 나와
제 소원들 말했네
저마끔 앞다투어
제 먹은 뜻 말했네

이리하여 나무 동무,
나무 동무 일곱 동무
나라에서 나오라는
기다리던 부름 받아
나서 자란 산을 떠나갔네―
강물을 헤엄쳐 내려갔네,
기차를 타고 달려갔네
화물 자동차에 실려 갔네.

그리하여 잣나무는
평양 거리 한복판

크나큰 극장의 문짝 되어
자랑스런 얼굴을 번쩍이며
수많은 사람을
들여 보내네, 내여 보내네.

그리하여 보섭나무는
소문난 안주 탄광
수백 자 땅 밑에서
든든한 동발 되어
무거운 탄들기를
그 어깨로 떠받치네.

그리하여 이깔나무는
삭주—구성 큰 길가에
우뚝 높은 전선대 되어
열두 전선을 늘여 쥐고
거리거리로, 마을마을로
전기를 보내네, 불을 보내네.

그리하여 분비나무는
넓고 넓은 서해 바다
중선배의 배판장 되어
농어, 민어, 조기, 달째

가지가지 고기 생선
그 팔로 실어 나르네.

그리하여 참나무는
평양—안동 본선 철도
레루의 괴목 되어
객차, 화차, 급행차, 완행차,
그리고 특별열차, 국제열차도
거침없이 들여 보내네.

그리하여 박달나무는
평양 농기계 공장 들어가
말쑥하게 다듬키워 보섭채 되어
느림줄 멋지게 허리에 달고
연안벌 넓은 벌에 해가 맞도록
제 나라 살진 땅을 갈아엎네.

그리하여 봇나무는
길주 제지 공장 찾아가서
약물로 미역 감고 흐늑흐늑 녹아
팔프가 되었다가 종이가 되어
그림과 옛말을 들고 나오네
산수 문제를 들고 나오네.

이리하여 어느 산골
나무 동무 일곱 동무
언제나 꿈꾸며 바라던 대로
나라 위해 몸과 마음 바쳐 일하네.

말똥굴이

이 세상 어느 곳에
새 한 마리 산다네.
재주 없고 게으른
새 한 마리 산다네.

새맨가 하면
새매 아니고
독수린가 하면
독수리 아닌,
날쌔지도 억세지도 못한
새 한 마리 산다네.

갈밭 우물 빙빙
떠돌다가는
동비탈에 풀썩
내려앉고,
동비탈에 우두머니
깃을 다듬단
이 논배미 저 논배미
넘고 넘네.

나는 새를

잡으려 하나
날쌔지 못해 못 잡고
기는 짐승을
잡으려 하나
게을러서 못 잡고,

하늘에 떠서는
메추리 생각만,
땅에 앉아선
들쥐 생각만.

아침 가고
낮이 오고,
낮 가고
저녁이 와.
재주 있고 부지런한
뭇새들이
배부르고 즐거워
노래 부르며
보금자리 찾아서
돌아들 올제,

이 세상 어느 곳
새 한 마리,
재주 없고 게으른
새 한 마리는
날아가고 날아오다
눈에 띄우는
말똥덩이 바라고
내려앉네,
메추리로 여겨서
내려앉네,
들쥐로 여겨서
내려앉네.

재주 없고 게으른
새 한 마리
말똥덩이 타고 앉아
쿡쿡 쪼으며
멋없이 성이 나
중얼대는 말一
(털이나 드문드문
났으면 좋지,
피나 쫄쫄

꼴으면 좋지!)

이때에 지나가던
뭇새들이
이 꼴이 우스워
내려다보며
서로 지껄여
우여주는 말—
(재주 없고 게을러
말똥만 쫓는
네 이름 다름아닌
말똥굴이.)

배꾼과 새 세 마리

어느 때 어느 곳에
배꾼 하나 살았네,
하루는 난바다에
고기잡이 나갔더니
센 바람에 돛 꺾이고
큰 물결에 노를 앗겨
바람 따라 물결 따라
밤낮 없이 떠흘렀네.

배고프고 목마르고
비 맞아 몸은 얼고
가엾은 이 배꾼은
거의거의 죽어갔네.

그러자 난데없는
새 세 마리 날아왔네.

한 새는 고물 밀고
한 새는 이물 끌고
또 한 새는 뱃전 밀어
어느 한 섬 다달았네.

섬에 오른 이 배꾼
목숨 건져 고마우나
앉아 걱정 서서 걱정
자꾸만 걱정했네.

그러자 새 한 마리
배꾼 보고 물었네─
(배꾼 아저씨
배꾼 아저씨
무슨 걱정 그리 해요?)

이 말 들은 배꾼이
대답하는 말
(돛대 없어 걱정이다
노가 없어 걱정이다.)

이때에 새 한 마리
얼른 하는 말
(그런 걱정 아예 마오.
돛대 삿대 내 만들게.)

이때부터 톱새는

하루종일 톱질했네,
삐꿍삐꿍 톱질했네,
돛대감 노감을
자르노라고.

돛대 없어 노대 없어
걱정하던 이 배꾼
돛대 얻어 노대 얻어
걱정도 없으련만
그러나 웬일인지
자나 깨나 걱정이네.

그러자 새 한 마리
배꾼 보고 물었네.
(배꾼 아저씨
배꾼 아저씨
무슨 걱정 그리 해요?)

이 말 들은 배꾼이
대답하는 말
(들물 몰라 걱정이다
썰물 몰라 걱정이다.)

이때에 새 한 마리
얼른 하는 말
(그런 걱정 아예 마오
들물 썰물 내 알릴게.)

이때부터 또요새는
물때마다 외쳐댔네
또요 또요 외쳐댔네,
밀물이 또 미는 걸
알리노라고.

들물 몰라 썰물 몰라
걱정하던 이 배꾼
들물 알아 썰물 알아
걱정도 없으련만
그러나 웬일인지
자나깨나 걱정이네.

그러자 새 한 마리
배꾼 보고 물었네
(배꾼 아저씨,
배꾼 아저씨

무슨 걱정 그리 해요?)

이 말 들은 배꾼이
대답하는 말
(무채 없어 걱정이다
외채 없어 걱정이다.)

이때에 새 한 마리
얼른 하는 말
(그런 걱정 아예 마오.
무채 외채 내 썰을게.)

이때부터 쑥쑥새는
저녁이면 채 썰었네
쑥쑥 쑥쑥 채 썰었네,
무나물 외나물을
무치노라고.

그러자 이 배꾼은
걱정 근심 하나 없이
들물 따라 썰물 따라
그물질을 나갔다네,

도요새가 알리는
소리 듣고.

그러자 이 배꾼은
걱정 근심 하나 없이
돛을 달고 노를 저어
먼 바다에 배질했네.
톱새가 잘라놓은
돛대와 노로.

그러자 이 배꾼은
걱정 근심 하나 없이
무채나물 외채나물
저녁 찬도 맛있었네,
쑥쑥새가 썰어 무친
채나물로.

준치 가시

준치는 옛날엔
가시 없던 고기.
준치는 가시가
부러웠네,
언제나 언제나
가시가 부러웠네.

준치는 어느 날
생각다 못해
고기들이 모인 데로
찾아갔네,
큰 고기, 작은 고기,
푸른 고기, 붉은 고기.
고기들이 모일 데로
찾아갔네.

고기들을 찾아가
준치는 말했네
가시를 하나씩만
꽂아달라고.
고기들은 준치를
반겨 맞으며

준치가 달라는
가시 주었네,
저마끔 가시들을
꽂아주었네.

큰 고기는 큰 가시
잔 고기는 잔 가시,
등 가시도 배 가시도
꽂아주었네.

가시 없던 준치는
가시가 많아져
기쁜 마음 못 이겨
떠나려 했네.

그러나 고기들의
아름다운 마음!
가시 없던 준치에게
가시를 더 주려
간다는 준치를
못 간다 했네.

그러나 준치는
염치 있는 고기,
더 준다는 가시를
마다고 하고,
붙잡는 고기들을
뿌리치며
온 길을 되돌아
달아났네.

그러나 고기들의
아름다운 마음!
가시 없던 준치에게
가시를 더 주려
달아나는 준치의
꼬리를 따르며
그 꼬리에 자꾸만
가시를 꽂았네,
그 꼬리에 자꾸만
가시를 꽂았네.

이때부터 준치는
가시 많은 고기,

꼬리에 더욱이
가시 많은 고기.

준치를 먹을 때엔
나물지 말자,
가시가 많다고
나물지 말자.
크고 작은 고기들의
아름다운 마음인
준치 가시를
나물지 말자.

수필

편지

이 밤 이제 조금만 있으면 닭이 울어서 귀신이 제 집으로 가고 육보름날이 오겠습니다. 이 좋은 밤에 시꺼면 잠을 자면 하이얗게 눈썹이 센다는 말은 얼마나 무서운 말입니까. 육보름이면 옛 사람의 인정 같은 고사리의 반가운 맛이 나를 울려도 좋듯이 허연 영감 귀신의 호통 같은 이 무서운 말이 이 밤에 내 잠을 쫓아버려도 나는 좋습니다. 고요하니 즐거운 이 밤 초롱초롱 맑게 괸 샘물 같은 눈으로 나는 지금 당신께서 보내주신 맑고 고운 수선화 한 폭을 들여다봅니다. 들여다보노라니 그윽한 향기와 새파란 꿈이 안개같이 오르고 또 노란 슬픔이 냇내같이 오릅니다. 나는 이제 이 긴긴 밤을 당신께 이 노란 슬픔의 이야기나 해서 보내도 좋겠습니까.

남쪽 바닷가 어떤 낡은 항구의 처녀 하나를 나는 좋아하였습니다. 머리가 까맣고 눈이 크고 코가 높고 목이 패고 키가 호리낭창하였습니다. 그가 열 살이 못 되어 젊디젊은 그 아버지는 가슴을 앓아 죽고 그는 아름다운 젊은 홀어머니와 둘이 동지섣달에도 눈이 오지 않는 따뜻한 이 낡은 항구의 크나큰 기와집에서 그늘진 풀같이 살아왔습니다. 어느 해 유월이 저물게 실비 오는 무더운 밤에 처음으로 그를 안 나는 여러 아름다운 것에 그를 견주어보았습니다. 당신께서 좋아하시는 산새에도 해오라비에도 또 진달래에도 그리고 산호에도…… 그러나 나는 어리석어서 아름다움이 닮은 것을 골라낼 수 없었습니다.

총명한 내 친구 하나가 그를 비겨서 수선이라고 하였습니다. 그제는 나도 기뻐서 그를 비겨 수선이라고 하였습니다. 그러한 나의 수선이 시들어갑니다. 그는 스물을 넘지 못하고 또 가슴의 병을 얻었습니다. 이 이야기는 그만하고, 나의 노란 슬픔이 더 떠오르지 않게 나는 당신의 보내주신 맑고 고운 수선화의 폭을 치워놓아야 하겠습니다.

　밤이 아직 샐 때가 멀고 또 복밥을 먹을 때도 아직 되지 않았습니다. 이제 나는 어머니의 바느질그릇이 있는 데로 가서 무새헝겊이나 얻어다가 알록달록한 각시나 만들면서 이 남은 밤을 당신께서 좋아하실 내 시골 육보름밤의 이야기나 해서 보내도 좋겠습니까.

　육보름으로 넘어서는 밤은 집집이 안간으로 사랑으로 웃간에도 맏웃간에도 누방에도 허청에도 고방(광)에도 부엌에도 대문간에도 외양간에도 모두 쩨듯하니 불을 켜놓고 복을 맞이하는 밤입니다. 달 밝은 마을의 행길 어디로는 복덩이가 돌아다닐 것도 같은 밤입니다. 닭이 수잠을 자고 개가 밥물을 먹고 도야지 깃을 들썩이는 밤입니다. 새악시 처녀들은 새 옷을 입고 복물을 긷는다고 벌을 건너기도 하고 고개를 넘기도 하여 부잣집 우물로 가서 반동이에 옹패기에 찰락찰락 물을 길어오며 별 같은 이야기를 재깔재깔하는 밤입니다. 새악시 처녀들은 또 복을 가져오느라고 달을 보고 웃어가며 살기같이 여우같이 부잣집으로 가서는 날쌔기도 하게 기왓골의 기왓장을 벗겨오고 부엌의 솥뚜껑을 들어오고 곱새담의 짚날을 뽑아오고…… 이렇게 허물없는 즐거움 속에 끼득깨득하는 그들은 산에서 내린 무슨 암짐승들이 되어버리는 밤입니다. 그러다는 집으로 들어가서 마음 고요히 세 마디 달린 수숫대에 마디마다 콩 한 알씩을 박아 물독 안에 넣는 밤인데 밝은 날 산 끝이라는 웃마디, 중산이라는 가운뎃마디, 해변이라는 밑마디의 그 어느 마디의 콩이 붙는가를 보고 그 어느 고장에 풍년이 들 것을 점칠 것입니다. 그러다는 닭이 울어서 새날이 되면 아홉 가지 나물에 아홉 그릇 밥을 먹으며, 먹으면 몸 솔쐐기가 쏜다는 김치와 먹으면 김맬 때 비가 온다는 물을 자꾸 먹고 싶어하는 밤입니다. 이렇게 해서 육보름의 아침이 됩니다. 새악시 처녀들은 해뜨기 전에 동리 국수당의 스무나뭇가지를 쩌오래서 가시가시에 하이얀 솜을 피우고, 그 솜밭 속에 며칠 앞서부터 스물이고 서른이고 만들어놓은 울긋불긋한 각시와 새하얀 할미를 세워서는 굴통담에 곱새담에 장독담에 꽂아놓는데, 이렇게 하면 이 해에는 하루같이 목화밭에서 천 근 목화가 난다고 믿는 그들이 새 옷의 스척이는 소리도 좋게 의좋은 짝패들끼리 끼리끼리 밀려다니며 담장마다 머물러서는 목화 따는 할미며 각시와 무슨 이야기나 하는 듯이 즐거워하는 것입니다.

(닭이 우나?) 아 닭이 웁니다. 나는 이만 이야기를 그치고 복밥을 기다리는 얼마 아닌 동안 신선과 고사리와 수선화 병든 내 사람이나 생각하겠습니다.

(조선일보, 1936년 2월 21일)

가재미 · 나귀

동해(東海) 가까운 거리로 와서 나는 가재미와 가장 친하다. 광어, 문어, 고등어, 평메, 횟대…… 생선이 많지만 모두 한두 끼에 나를 물리게 하고 만다. 그저 한없이 착하고 정다운 가재미만이 흰밥과 빨간 고추장과 함께 가난하고 쓸쓸한 내 상에 한 끼도 빠지지 않고 오른다. 아는 이 가재미를 처음 십 전(十錢) 하나에 뺨가웃씩 되는 것 여섯 마리를 받아들고 왔다. 다음부터는 할머니가 두 두름 마흔 개에 이십오 전씩에 사오시는데 큰 가재미보다도 잔 것을 내가 좋아해서 모두 손길만큼 한 것들이다. 그동안 나는 한 달포 이 고을을 떠났다 와서 오랜만에 내 가재미를 찾아 생선장으로 갔더니 섭섭하게도 이 물선은 보이지 않았다. 음력 8월 초승이 되어서야 이 내 친한 것이 온다고 한다. 나는 어서 그때가 와서 우리들 흰밥과 고추장과 다 만나서 아침 저녁 기뻐하게 되기만 기다린다. 그때엔 또 이십오 전에 두어 두름씩 해서 나와 같이 이 물선을 좋아하는 H한테도 보내어야겠다.

묘지와 뇌옥(牢獄)과 교회당과의 사이에서 생명과 죄와 신(神)을 생각하기 좋은 운흥리(雲興里)를 떠나서 오백 년 오래된 이 고을에서도 다 못한 곳, 옛날이 헐리지 않은 중리(中里)로 왔다. 예서는 물보다 구름이 더 많이 흐르는 성천강(城川江)이 가깝고 또 백모관봉(白帽冠峰)의 시허연 눈도 바라보인다. 이곳의 좌우로 긴 회(灰)담들이 맞물고 늘어선 좁은 골목이 나는 좋다. 이 골목의 공기는 하이야니 밤꽃의 내음새가 난다. 이 골목을 나는 나귀를 타고 일 없이 왔다갔다 하고 싶다. 또 여기서 한 오 리 되는 학교까지 나귀를 타고 다니고 싶다. 나귀를 한 마리 사기로 했다. 그래 소장마장을 가보나 나귀는 나지 않는다. 촌에서 다니는 아이들이 있어서 수소

문해도 나귀를 팔겠다는 데는 없다. 얼마전에 어느 아이가 재래종의 조선 말 한 필을 사면 어떠냐고 한다. 값을 물었더니 한 오 원 주면 된다고 한 다. 이 좀말로 할까고 머리를 기울여도 보았으나 그래도 나는 그 처량한 당나귀가 좋아서 좀 더 이놈을 구해 보고 있다.

(조선일보, 1936년 9월 3일)

소월(素月)과 조 선생(曺 先生)

나는 며칠 전 안서 선생님한테로 소월이 생전 손으로 놓지 않던 '노트' 한 권을 빌려왔다. 장장이 소월의 시와 사람이 살고 있어서 나는 이 책을 뒤지면서 이상한 흥분을 금하지 못한다. 대부분이 미발표의 시요 가끔 그의 술회와 기원이 두세 줄씩 산문으로 적히우고 가다가는 생각이 막혔던지 낙서가 나오고 만화가 나오고 한다. 줄과 줄, 글자와 글자를 분간하기 어렵게 지우고 고치고 내어박고 달아붙이고 한 이 시들은 전부가 고향, 술, 채무, 인정 같은 것을 읊조린 것인데 그 가운데 이색으로 〈제이 엠 에스〉라는 시가 있다.

　제이 엠 에스

　평양서 나신 인격의 그 당신님 제이 엠 에스
　덕 없는 나를 미워하시고
　재주 있는 나를 사랑하셨다.
　오산 계시던 제이 엠 에스 사오 년 봄 만에 오늘 아침 생각난다.
　근년처럼 끝없이 자고 일어나며
　얽은 얼굴에 자그마한 키와 여윈 몸맵씨는 달은 쇠 같은 타는 듯한 눈동자만이 유난히 빛났었다.
　(1행략)
　소박한 풍채, 인자하신 옛날의 그 모양대로
　그러나 아 술과 계집과 이욕에 헝클어진 15년에 허주한 나를 웬일로 그 당신님

258

맘 속으로 찾으시노? 오늘 아침

아름답다 큰 사랑은 죽는 법 없어 기억되어 항상 가슴속에 숨어 있어 미
처 거친 내 양심을 잠재우리 내가 괴로운 이 세상 떠나는 때까지⋯⋯

구심(舊心) 5. 26. 야서(夜書)라 하였는데 시방으로부터 6년 전이다. 오산
학교를 나온 이들은 제이 엠 에스라는 이니셜로 된 이름이 조만식 선생님
이신 것을 알 것이다.

불세출의 천재 소월은 오산학교에서 4년 동안 이 조 선생님의 훈도를
입었는데 이 시인은 그 높게 우러러 존경하던 조 선생님께서 하루아침 고
요히 그 마음속으로 찾아오신 때 황공하여 쪼그리고 앉아 머리를 들지 못
하고 호곡하였던 것이다. 소월은 이때 그 '정주곽산 배 가고 차 가는 곳'
인 고향을 떠나 산읍 구성 남시에서 돈을 모으려고 애를 쓰던 때다. 소월
이 술을 사랑하고 돈을 모으려고 했으나 별로 남의 입사내에 오르도록 계
집을 가지고 굴은 일은 없다 하되 그러되 이미 고요하고 맑아야 할 마음이
미처 거칠어진 탓에 그는 이 은사 앞에 엎드려 이렇게 호곡하는 것이다.

소월은 오산학교 때에 체조 한 과목을 내어놓고는 무엇에나 우등을 하
였다. 조 선생님은 이렇게 재주 있는 소월을 그 인자하신 웃음을 띠고 머
리를 쓰다듬어 사랑하신 모양이 눈앞에 보이는 듯한데 오산을 다녀 나온
자 누구에게나 그렇듯이 이 천재 시인도 그 마음이 흐리고 어두울 때 역시
그 얽으신 얼굴에 자그마한 키와 여윈 몸맵씨의 조만식 선생님을 찾아오
시었던 것이다.

(조선일보, 1939년 5월 1일)

작품론 · 작가론

백석 시의 정신사적 의미

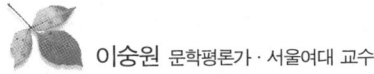

이숭원 문학평론가 · 서울여대 교수

백석 시의 기본 정조

백석 시의 전개 과정을 검토하기 전에 백석 시 전체를 관류하는 기본 정조를 확인할 필요가 있다. 그의 초기시에는 정서를 배제하고 정황의 이미지만을 제시하는 작품들이 여러 편 있는데, 이것들은 최두석이 지적한 대로 이미지즘의 세례를 받은 것으로 보인다. 특히 《사슴》에 실린 시편들은 정서를 축소하여 은폐시키려는 경향이 많은데 이것 역시 모더니즘의 세례를 받은 백석의 의도적 처리의 결과로 보인다. 그 증거로 그의 시 〈산지(山地)〉(《조광》, 1935. 11)가 시집에 〈삼방(三防)〉으로 개작되어 수록되는 과정을 검토해 볼 수 있다. 〈산지(山地)〉에서는 인적 끊긴 산중의 어둡고 무거운 정경이 제시된 다음, 약수를 받으러 오는 아이가 등장하는데, 이 아이는 아버지가 앓고 있기 때문에 으슥한 산중에까지 물을 뜨러 온다는 식으로 진술된다. 따라서 그 분위기는 죽음의 그림자를 드리운 어두운 색조를 띠고 있다. 이 때문에 마지막 행의 "아랫마을에서는 애기무당이 작두를 타며 굿을 하는 때가 많다"라는 정황도 죽음과 관련된 공포의 정서를 환기한다. 그런데 〈삼방(三防)〉에는 이러한 정서를 환기할 만한 정황들이 제거된 채 정조가 은폐된 정경의 외관만이 제시되고 있다.

　그러나 사실 이렇게 정서를 배제한 경관시는 그의 시를 통틀어 10편이 약간 넘을 뿐이다. 그 외의 대부분의 시는 때로는 강하게, 어떤 경우는 은밀하게 정서를 드러내고 있다. 그리고 그 정서의 내용은 흐뭇함이라든가 흥겨움 등의 긍정적인 것도 있으나 대부분은 쓸쓸함, 슬픔, 두려움 등의 부정적인 정서다.

　① 흙꽃 이는 이른 봄의 무연한 벌을
　경편철도(輕便鐵道)가 노새의 맘을 먹고 지나간다

　멀리 바다가 뵈이는
　가정차장(假停車場)도 없는 벌판에서
　차(車)는 머물고
　젊은 새악시 둘이 나린다

　　　　　　　　　　　　　　　　　　—〈광원(曠原)〉 전문

　② 닭이 두 홰나 울었는데
　안방 큰방은 홰즛하니 당등을 하고
　인간들은 모두 옹성옹성 깨어 있어서들
　오가리며 석박디를 썰고
　생강에 파에 청각에 마늘을 다지고

　시래기를 삶는 훈훈한 방 안에는
　양념 내음새가 싱싱도 하다

　밖에는 어데서 물새가 우는데

토방에선 햇콩두부가 고요히 숨이 들어갔다

─〈추야일경(秋夜一景)〉 전문

③ 나타샤를 사랑은 하고
눈은 푹푹 날리고
나는 혼자 쓸쓸히 앉어 소주(燒酒)를 마신다
소주(燒酒)를 마시며 생각한다
나타샤와 나는
눈이 푹푹 쌓이는 밤 흰 당나귀 타고
산골로 가자 출출이 우는 깊은 산골로 가 마가리에 살자

눈은 푹푹 나리고
나는 나타샤를 생각하고
나타샤가 아니올 리 없다
언제 벌써 내 속에 고조곤히 와 이야기한다
산골로 가는 것은 세상한테 지는 것이 아니다
세상 같은 건 더러워 버리는 것이다

─〈나와 나타샤와 흰당나귀〉 중에서

①의 시는 겉으로만 보면 감정을 배제하고 단순한 이미지를 제시하는 듯하다. 그러나 면밀히 음미해 보면 제시된 정경의 배후에 우수라든가 쓸쓸함 같은 정감의 음영이 깔려 있음을 알 수 있다. 이 시의 처음 두 행은 약간 황량하고 외로운 느낌을 전해 주기도 하나 대체로 한가한 정취를 전달한다. 흙먼지 이는 넓은 벌판에 천천히 지나가는 간이열차의 모습은 그 자체로는 외로운 정경으로 보이기도 하지만, "노새의 맘을 먹고 지나간 다"는 다소 유머러스한 표현에 의해 그 외로움은 한가함으로 전환된다.

그런데 둘째 연에 막막한 벌판에 내리는 젊은 여자의 모습이 제시됨으로써 이 시에는 우수와 고적의 그림자가 드리운다. 보통의 독자라면, 이 막막하고 외딴 벌판에 젊은 처녀가 무슨 일로 내릴까 하는 의아심을 갖게 될 터인데, 이 의아심은 곧바로 그 처녀들의 외롭고 삭막할 운명에 대한 연상으로 이어지는 것이다. 이 시는 그 연상을 자극하는 단계에서 멈춤으로써 김기림의 지적대로 애상에 빠지지 않았다. 그러나 시인이 대상을 바라보는 시선이 애상의 정서에 바탕을 두고 있다는 것은 충분히 확인할 수 있다. 농도의 차이는 있지만, 백석의 시 전편에는 이러한 고독과 우수의 정서가 스며있다.

②의 시는 시집 이후에 발표된 것인데, 그 시의 정취는 《사슴》에 실린 〈여우난골족〉이나 〈고야(古夜)〉의 한 대목과 통한다. 이 시는 제사나 잔치를 앞둔 날 밤의 풍성하고 흐뭇한 정경을 백석 특유의 음식 열거와 냄새 환기의 수법으로 형상화하였다. 특히 1연에서 시각과 미각을 결합하여 안방의 웅성거리는 정경을 제시한다든가, 2연에서 후각 이미지를 초점에 두고 '훈훈함'과 '싱싱함'이라는 대조적인 어감의 말을 배치한 점, 다시 3연에서 청각 이미지와 미각을 결합시켜서 '우는데'와 '고요히'를 대조시킨 점 등은 백석이 얼마나 세심한 배려에 의해 시행을 배치하고 있는가를 알려준다. 이러한 수법은 그야말로 '세련된 모더니즘의 일종'이라고 평가됨직하다. 전체적으로 감정이 절제되기는 했으나 대상을 바라보는 시인의 시선은 상당히 훈훈하고 싱싱하다. 그런데 백석의 시에서 이렇게 흐뭇하거나 흥겨운 정감을 환기하는 시는 극히 제한되어 있다.

③의 시는 제목부터가 이국 정취를 풍기고 있어서 백석의 시로서는 다소 이질감을 느끼게 하지만 백석 시의 기본 정조가 배양된 기반을 암시한다는 점에서 주목된다. 가난하고 쓸쓸한 내가 나타샤를 사랑하지만 현실 세계에서 그 사랑은 이루어지지 않는다. 그러므로 현실을 떠나 깊은 산골로 가자고 시의 화자는 이야기한다. 산골로 가는 것은 현실에 패배하는 것

이 아니라 더러운 현실을 능동적으로 버리는 행위라고 변호한다. 여기서 시인이 세계를 바라보는 태도 및 그 인식의 바탕이 드러난다. 더 나아가 그의 시의 정조가 고독과 우수의 주위를 맴돈 이유도 자명해진다. 시인은 세계와의 거리감과 단절감을 느끼며 끝내 세계에 합일되지 못하는 것이다. 그러한 비합일의 현실감, 세계와의 거리감이 그의 시에 쓸쓸함, 외로움, 슬픔, 두려움 등의 정서를 자아내게 하였다.

이 세계와의 거리감은 근대적 세계와의 거리감만을 말하는 것이 아니다. 그것은 시인이 마주하는 모든 삶, 고향 마을의 토속적 세계까지 포함한 일체의 대상 세계와의 거리감이다. 다시 말하면 백석은 근대적 세계에 대해서 거리감을 느끼며 합일되지 못했을 뿐만 아니라, 고향의 토속적 세계와도 합일감을 느끼지 못했던 것이다. 그러기에 토속적 풍물을 묘사할 때도 우수와 비애의 정조가 포함된다. 특히 유년시절을 회상하는 시에 등장하는 공포의 정서는 삶 자체에 대한 인간의 운명적 공포감을 환기해 준다. 〈흰 밤〉에는 인간의 자살과 관련된 두려움의 정서가 나타나 있고, 〈고야(古夜)〉에는 유년 회상의 한 구석에 노나리꾼이나 무속과 관련된 공포감이 삽입되어 있다. 〈가즈랑집〉도 유년 회상과 그리움이 중심을 이루고 있지만 가즈랑집 할머니와 그 할머니가 거처하는 공간은 공포의 대상으로 설정되어 있다. 〈오금덩이라는 곳〉은 불길한 민속적 의식과 죽음의 예감을 제시하면서 두렵기만 한 세계의 모습을 그대로 보여준다. 〈정문촌(旌門村)〉과 〈여우난골〉에도 죽음과 관련된 공포 체험이 반영되어 있다. 어디 그뿐인가. 시집 이후의 작품들인 〈향악(饗樂)〉, 〈외갓집〉에도, 해방 후에 발표된 〈산(山)〉이나 〈마을은 맨천 구신이 돼서〉에도 공포 체험은 담겨 있다. 심지어 〈마을은 맨천 구신이 돼서〉에서는 "나는 무서워 오력을 펼 수 없다"고 말하고 있을 정도다. 이러한 공포감 혹은 두려움의 정조는 세계와의 불화를 단적으로 드러낸다.

이 세계와의 불화는 그가 자랐던 고향 마을의 경우에도 예외가 아니다.

그는 그가 자랐던 고향 마을의 토속적 삶에도 합일되지 못한 채 거리감을 느낀다. 그러기에 고향은 끝내 그리운 것으로 남고 만다. 단적으로 말하여 고향 상실인 것이다. 고향에 뿌리 박지 못하고 떠돌아다닌 그의 삶이 어찌 우연이겠는가. 상실감은 정상의 자리에서 벗어난 것이기에 어느 면에서 병적인 그리움을 낳는다. 그러기에 〈넘언집 범 같은 노큰마니〉나 〈동뇨부(童尿賦)〉 같은 시가 가능하였을 것이다. 구더기같이 득실거리는 손자들 앞에 범같이 무서운 존재로 군림하는 증조할머니에 대한 회상, 이슬같이 새맑은 어린 날의 오줌에 대한 회상 등은 정상의 상태에서 벗어나 있는 것이 사실이다. 또한 어린 날의 정경을 사소한 음식 하나에서부터 냄새에 이르기까지 세세히 기억해 내는 것도 보통의 일은 아니다. 이 모든 극단적 그리움의 표출이 고향 상실에서 비롯되었다. 웨이브진 머리에 연초록빛 더블단추의 양복을 입고 다니던 그 멋스러운 행색도, '변태적인 정도로 이상하고 뻣뻣하게 보이던'(오장환) 방언에 대한 집착도 상실감을 메우기 위한 방편이었을지 모른다. 이런 점에서 백석 시의 기본 정조를 이루는 고향 상실의 문제를 검토할 필요가 있다.

고향의식의 세 방향

고향에 관련된 인간의 마음의 움직임을 통틀어 고향의식이라는 말로 함축한다면, 그 고향의식은 대체로 다음과 같은 세 가지 경향을 드러낼 것이다.

① 고향과 순수한 유년시절에 대한 그리움
② 고향의 자족적이고 인정스런 세계가 사라진 데서 오는 상실감
③ 고향 상실감을 메우거나 극복하기 위한 심리적 방법의 동원

여기서 ①과 ②의 심리 상태는 표리의 관계에 있다. 말하자면 고향을 상

실했다는 느낌 때문에 고향에 대한 그리움을 갖게 되며, 고향에 대한 그리움을 강하게 가질수록 상실감은 더욱 커진다. 고향에 대한 확대된 동경심을 가지고 고향에 갔을 때 그 고향은 그가 바라던 고향의 모습일 수가 없다. 그러기에 달라진 고향의 모습을 보면서 상실의 감정이 확대되며 그것과 비례하여 고향의 옛 모습을 그리는 마음도 강렬해진다.

백석 시의 기본 정조인 쓸쓸함, 슬픔, 두려움 등의 정조가 ②의 심정과 관련된 것임은 앞에서 살핀 바와 같다. 그의 시에 나오는 현실 세계와의 단절감도 이것과 관련된 것이다. 물론 그의 시 중 ①의 심정을 주축으로 한 시도 여러 편 있다. 〈주막(酒幕)〉, 〈여우난골족(族)〉, 〈고야(古夜)〉, 〈가즈랑집〉에서부터 〈동뇨부(童尿賦)〉에 이르는 시편들이 그것이다. 그리고 이 시편들에 평자들은 집중적인 관심을 기울여 왔다. 그러나 ①과 ②가 표리의 관계에 놓여 있다는 점을 간과해서는 안 된다. 상실감이 있기에 그리움이 있으며 그리움이 있기에 상실감이 있다. 현실 세계와의 단절감이 유년시절의 충족된 공간에 관심을 갖게 하며 역으로 유년시절에 대한 강렬한 그리움이 현실 세계와의 합일을 가로막는다. 결국 ①과 ②는 고향의식을 축으로 한 한 쌍의 변형이다.

사람이 앞을 보고 살아가자면 과거에 대한 그리움에서 벗어나야 하며 현재적 상실감의 늪에서도 빠져나와야 한다. 따라서 삶이 지속되는 한 ①이나 ②의 심정은 당연히 ③의 심리 상태로 전환되기 마련이다. 과거의 울타리에서 벗어나 현재와 미래의 의미까지도 헤아리게 될 때 비로소 역사적 전망이 열린다. 백석의 시에는 다행스럽게도 ③의 단계를 향한 가치 있는 전환의 자세가 갖춰져 있다.

③의 단계를 위한 전환은 우선 마음의 발견에서 비롯된다. 고향 상실감이건 고향에 대한 그리움이건 그것은 내면적인 것이고 눈에 보이지 않는 것이다. 따라서 그 해결이나 극복의 방식도 결국에는 마음의 자세에 귀착되기 마련이다. 백석은 인정의 세계를 통하여 마음의 소중함을 발견하고

인간 내면에서 상실감을 다스리는 방법을 모색하였다. 그 결과 같은 사물도 보는 시각에 따라, 즉 인식하는 마음의 자리에 따라 그 의미가 달라진다는 사실을 깨우쳤다. 그 깨우침의 내용은 그의 〈목구(木具)〉와 〈국수〉에 담겨 있다. 그는 제사에 쓰이는 평범한 목구에서도 "힘세고 꿋꿋하나 어질고 정 많은" 마음을 발견하고 조상들의 넋과 후손들의 넋이 이어진다는 사실을 발견한다. 물론 이 발견은 "슬픔을 담는 것 아 슬픔을 담는 것"이라는 구절로 볼 때 상실감을 넘어설 만한 위치에 달한 것은 아니다. 그러나 목구를 통하여 민족적 영원성을 감성적으로 확인하려는 단계에까지는 나아간 것이다. 또한 우리들이 일상적으로 먹는 국수도 예사롭게 보지 않았다. 국수의 맛과 빛깔에는 국수를 먹는 사람들의 마음과 꿈이 담겨 있다는 것이다. 그리고 이 국수의 맛과 빛깔은 아득한 옛날에서부터 먼 미래에 이르기까지 변함없이 이어질 것이라는 생각을 나타낸다. 이러한 생각으로 고향의 풍물을 대할 때 고향 상실감은 비로소 극복될 수 있다. 제사라는 의식이 사라지지 않는 한 조상들의 마음과 우리의 마음은 이어지며, 민족적 영원성은 유지된다. 국수라는 음식이 사라지지 않는 한 고향과 그 마을 사람들의 마음은 엄연히 살아 있다. 요컨대 백석은 목구와 국수라는 사물에 대해 새로운 의미를 부여함으로써 상실감 극복의 계기를 마련한 것이다.

③과 관련된 시편들은 백석 개인의 시적 전개 과정에 있어서뿐만 아니라 한국문학의 정신사적 맥락에 있어서도 중요한 의미를 지닌다. 그 시들은 대체로 1939년에서 1941년 사이에 집중적으로 발표된 것들인데, 이 시기에 이르러 백석이 역사의식이라든가 민족의식을 어느 정도 자각하고 상실감을 극복하려는 몸짓을 보인 것을 알 수 있다.

시적 전개 과정의 정신사적 의의

백석은 〈목구(木具)〉(1940. 2)를 발표하기 전 《조선일보》(1939. 11. 8~11)

에 〈서행시초(西行詩抄)〉라는 제목의 연작시를 발표하였는데, 그중 〈북신 (北新)〉이라는 작품에 이미 역사적 감각이 나타나 있음을 발견할 수 있다. 이 시는 묘향산 입구의 국수집이 배경이다. 시인은 늘 그래왔던 것처럼 우선 국수집의 메밀 냄새에 관심을 갖는데 그 냄새를 "부처를 위하는 정갈한 노친네의 내음새"라고 표현한다. 퀴퀴한 메밀 냄새를 정갈한 노인의 냄새로 비유한 것이라든가 굳이 부처를 위하는 노인이라고 수식을 가한 데에 국수의 냄새를 통하여 정신적 가치를 표상하려는 시인의 의도가 잠복해 있다. 이어서 시인은 털도 안 뽑은 돼지고기를 "시커먼 맨메밀국수에 얹어서 한입에 꿀꺽 삼키는 사람들을 바라보며" 말할 수 없는 감동을 느낀다. 그 감동은 일종의 야성적 생명력에서 온 것으로 근대사회의 도시인에게서는 찾아볼 수 없는 종류의 것이다. 그런데 시인은 이 정경을 보며 소수림왕과 광개토왕을 생각한다고 진술한다. 고구려의 국기를 강건히 하여 민족정기를 드높이려 했던 역사적 영웅과 국수를 먹는 산골 사람들과의 생활 세계를 연결 지으려는 정신의 모험을 감행하는 것이다.

조선어와 조선 역사가 말살되어 가고, 다수의 대중들이 그 말살의 과정을 방관 내지는 방조하고 있었으며, 말살의 대상이 된 조선어와 조선 역사를 운위하는 것마저 불온시되던 그 시점에서 이러한 생각을 시로 써낸다는 것 자체가 일종의 용기에 속하는 일이 아닐 것인가. 물론 양자의 연결의 고리가 다소 약하고 그 의식이 여전히 과거적인 데 머물러 있는 것이 사실이라 하더라도 이 시기에 이르러 백석이 민족의식을 염두에 두었음을 분명히 확인할 수 있다.

이 시기의 작품 이전에도 〈탕약(湯藥)〉이라든가 〈북관(北關)〉 등의 시에 과거와 현재를 연결 지으려는 생각이 나타나기는 하지만 그렇게 자각적인 것은 아니다. 〈북신(北新)〉을 기점으로 하여 그의 시는 역사라든가 민족의 심성에 대한 집중적인 관심을 보여준다. 그러한 성격의 시들을 발표 순으로 정리하면, 〈북신(北新)〉〈목구(木具)〉〈수박씨, 호박씨〉〈허준(許俊)〉〈국수〉〈흰 바람벽이 있어〉〈촌에서 온 아이〉〈조당(澡塘)에서〉〈두보(杜甫)나 이백(李白)같이〉〈남신의주 유동 박시봉방(南新義州 柳洞 朴時逢方)〉 등이다.

이 시들은 주로 마음의 영역 속에서 상황의 비극성을 극복하려는 자세를 보이는 것이 특징이다. 〈허준(許俊)〉 같은 시에서는 모든 것을 다 잃어버려도 넋 하나를 견지(堅持)하는 정신의 자세가 오히려 귀중하다는 생각이 나타나 있다. 이러한 생각은 일제강점하 상실과 수탈의 시대에 있어서 그 시련을 견뎌낼 수 있는 정신의 기틀을 마련해 준다는 점에서 적지 않은 가치를 지닌다. 혼의 지속이야말로 상실을 충만으로 전환시키고 그 시련의 시대에 미래를 향한 지속적인 희망을 갖게 하는 근거가 되기 때문이다. 또한 〈두보(杜甫)나 이백(李白)같이〉는 이국에서 정월 대보름 명절을 맞는 시인의 향수에 초점이 놓인 듯하지만, 실은 중국인들이 그들의 명절에 대대로 내려오는 전통음식을 먹듯 자신도 조상들로부터 이어오는 떡국을 먹을 것이며 먼 훗날의 자손들도 이 음식을 먹을 것이라고 노래하여 역사적 시각을 놓치지 않고 있다. 국가 상실과 역사 상실의 시대에도 음식문화의 연맥은 사라지지 않는다는 점을 암시하고 있는 것이다.

백석의 처음 시작 태도는 앞에서 보았듯 이미지즘의 세례를 다분히 입은, 새롭고 특이한 시를 추구하는 방식의 것이었다. 그 새롭고 특이한 시의 한 양상이 《사슴》에 수록된, 토속적 풍물을 토속적 방언으로 드러낸 시편들이었다. 그런데 그 당시 이 시집을 접한 다수의 문인들은 이구동성으로 그 시집의 토속적 세계에 대해 새삼 놀라워하고 관심을 표명하였다. 그러나 비토속적 경관시에 대해서는 일언반구의 언급이 없었으며 아예 무관심하였다. 이유는 간단하다. 그런 시는 백석의 시 외에도 얼마든지 있었고, 백석이 아니라도 얼마든지 쓸 수 있었기 때문이다. 토속적 세계를 드러낸 시야말로 백석만이 다루었고 다룰 수 있는 새롭고 특이한 영역이었다. 이러한 문단의 반응을 대하고서 백석은 이번에는 자각적이고 의식적으로 토속적 세계에 눈을 돌리게 되었을 것이다. 그런데 토속적 세계는 이미 그 당시에도 친숙한 것은 아니었다. 그때는 토속적 세계와 그것을 지탱하는 기층문화가 서서히 훼손되어 가고 있었던 시기였다. 따라서 토속적 세계란 현존하는 것이 아니라 탐구되어야 하는 대상이었다. 그 탐구의 과정을 통하여 그는 민족의 문화와 역사, 그리고 민족의 내면 세계를 만나게 된 것이다.

그 만남의 시점이 대체로 1939년경으로 보이는데 공교롭게도 이때는 일제의 의해 '민족적 주체성이 총파산될 위기에 직면했던' 시기였다. 이 시기에 발표한 위의 시편들은 자각적이고 의식적인 정신의 소산이었다. 그러므로 이 단계의 시들이 시집 《사슴》의 시편보다 윗길에 오르며 더욱 확고한 정신사적 가치를 지니게 된다. 그리고 이 단계의 시에서 비로소 백석을 민족시인으로 부를 수 있는 가능성이 발견된다.

백석과 장소사랑의 드라마

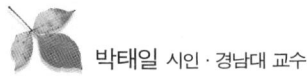
박태일 시인 · 경남대 교수

시인은 창조하는 이다. 말글로 창조하는 가장 높은 자리에 시가 놓인다. 몸으로 부딪치는 창조가 아니라, 말글이라는 기호를 빌린 창조라는 점에서 시는 어느 문화관습보다 자유로운 쪽으로 열려 있다. 아울러 같은 까닭으로, 모든 시는 이데올로기나 당대의 이해 지평에 묶일 수밖에 없다. 좋은 시인은 서로 모순되는 듯한 이러한 시의 창조 가능성을 한껏 끌어올린 이다. 백석이야말로 훌륭한 본보기다.

백석은 개인의 개성과 민족 정체성을 자신의 창조적 삶 속에 하나로 녹여낸 흔치 않은 경우를 보여준다. 그 점은 나라 잃은 시대, 제국주의 식민자들이 저질렀던 민족 고유의 지역과 장소 파괴 아래서 그에 맞서 한결같은 장소사랑(topophilia)으로 바람직한 민족 현실을 고스란히 되살려내고자 한 데서 빛난다. 장소 발견과 장소 복원, 그리고 장소 창조의 가능성을 힘껏 좇아간 문학 생애가 그것이다.

풍경에서 장소 발견까지

백석은 1912년 7월 1일 평북 정주에서 태어났다. 아버지 백용삼은 농사에 하숙을 치며 살았다. 그러나 신문물에 관심을 가져 일찌감치 사진 기술을 익혔다. 한국 초기 사진사에 이름을 올릴 만큼 큰일을 이룬 바는 없다. 그러나 서북 지역으로 밀려왔을 사진술을 제대로 배운 사람이다. 지역에서는 보기 드문 신문물 세대였던 셈이다. 가세가 넉넉지 않았다. 오산학교 가까이 터를 잡고 품위를 잃지 않고 살려고 했던 그다. 정주에서 동아일보 지국을 열었으며 뒷날 《조선일보》를 맡아 키워낸 방응모는 동향 선배다.

백석의 유년 경험 가운데서 매우 중요한 동기는 아마 아버지가 지녔던 사진기였을 것이다. 우리에 의한 사진업이 나라 안에 뿌리내리기 시작한 때는 1889년이다. 서화가 김규진이 고종의 명을 받아 섬나라에서 사진술을 배워 돌아온 뒤 서울 천연당사진관을 연 때가 1903년이다. 그것을 아들에게 넘긴 뒤 김규진은 1915년 평양에서 다시 사진관을 열었다. 백석의 아버지 백용삼은 이러한 지역의 사진업 도입과 무관하지 않은 인물로 보인다. 어릴 적부터 아버지의 사진기를 만지며 들여다보며, 또는 사진을 읽으며 총명한 백석은 사진적 감수성을 소롯이 내면화했을 것이다.

사진은 카메라 눈을 빌려 마주선 피사체를 직사각형 평면 안에 가둔다. 근대 개인의 사적 시공간에 대한 저장과 추억은 사진으로 말미암아 비로소 가능해졌다. 쉼 없이 변화하는 우연적 현실을 선택하여 하나의 전형적인 풍경으로 갈무리하는 놀라운 힘을 지닌 가장 근대적인 산물이 사진 아닌가. 피사체가 놓인 현실에서 벗어날 수 없으면서도 카메라 눈의 선택 활동은 굳어진 평면으로 현실을 복제해 낸다. 이러한 사진의 요술을 백석은 일찌감치 온몸으로 체득했을 성싶다. 그 가운데 하나가 섬세한 풍경 포착이다.

산(山)뽕잎에 빗방울이 친다
멧비둘기가 난다
나무등걸에서 자벌기가 고개를 들었다 멧비둘기 켠을 본다
　　　　　　　　　　　　　　　　　　　―〈산(山)비〉 전문

"산비"가 내리는 숲 속에서 짧은 순간 볼 수 있음직한 작은 자연의 움직임을 한눈으로 가두어 시로 되옮겼다. 뛰어난 사진사의 솜씨를 보는 듯하다. 예리한 관찰력과 풍경 선택의 적확성이 돋보인다. 어릴 적부터 몸에 배었을 사진적 감수성과 무관하지 않은 일이다. 그리고 사진은 피사체와 물러서거나 맞서야 하는 거리감각을 본질로 갖는다. 백석 시에 나타나는 성찰적 자의식과 고독한 분위기는 어찌 보면 필연적인 내면이었던 셈이다.

소년기로 들어서면서 백석의 세련된 눈길은 풍경 속에서 삶을 읽기 시작했을 것이다. 그런 점에서 백석의 소년기가 이름 드높았던 민족 오산학교에 터를 둔 점은 뜻이 크다. 게다가 교장 조만식은 백석의 집에 하숙인으로 머물렀다. 백석과는 사사로운 친교까지 가능했다. 1924년 입학하여 1929년 졸업할 때까지 백석이 오산학교에서 민족의식을 단련했을 것임을 짐작하기란 어렵지 않다. 아울러 동향 선배 시인 소월의 독특한 향토 서정도 거기서 배웠다. 뒷날 백석의 삶에 결정적인 영향을 끼칠 두 개의 큰 징검돌을 만난 데가 오산학교이다.

잠자리 조을든 무너진 성(城)터
반딧불이 난다 파란 혼(魂)들 같다
어데서 말 있는 듯이 크다란 산(山)새 한 마리 어두운 골짜기로 난다

헐리다 남은 성문(城門)이
하늘빛같이 훤하다

　　　　　　　　　　　　　　　　　　　—〈정주성〉 부분

풍경은 마주보거나 건너다보는 대상이다. 거기에 사람의 삶과 추억이 깃들고 눈에 익으면 풍경은 장소로 바뀐다. 비로소 나날살이의 삶터로 자리 잡는다. 〈정주성〉은 시인으로서 백석이 처음으로 내놓은 작품이다. 아

울러 백석의 마음바닥에 고향 정주가 장소로 자리 잡은 모습을 잘 보여주는 작품이다. 그러나 그 자리는 마냥 을씨년스럽고 쓸쓸하다. 머물 데 없는 "파란 혼"처럼 반딧불이 난다. "헐리다 남은" 옛 정주성터는 그대로 백석 둘레를 싸고 있는 삶의 현실을 표상한다. 이미 고향 정주는 안온하고도 친밀한 경험으로 가득한 행복한 중심 장소가 아니다. 나라 어느 곳이라 할 것 없을 장소 상실의 슬픔이 작품을 끌어 잡고 있다. 백석이 몸으로 깨달은 민족 현실이 정주성 옛터 위로 환한 "하늘빛"에 녹아 있다.

백석은 오산학교를 마친 뒤, 고향에 머물면서 1년 동안 문학수업을 거듭했다. 1930년 《조선일보》에 단편소설 〈그 모(母)와 아들〉이 당선된 일은 그 결실이다. 아버지와 친교가 깊었던 방응모의 도움을 받아 《조선일보》 장학생으로 섬나라 유학을 떠날 수 있었던 인연까지 얻었다. 동경 청산학원 유학은 백석에게 새로운 근대 경험의 기회였다. 아울러 이향의 공간에서 장소 상실의 막막한 현실을 더욱 깊이 깨닫는 계기였다.

이슥하니 물기에 누굿이 젖은 왕구새자리에서 저녁상을 받은 가슴 앓는 사람은 참치회를 먹지 못하고 눈물겨웠다

어득한 기슭의 행길에 얼굴이 해쓱한 처녀가 새벽달같이
아 아즈내인데 병인(病人)은 미역 냄새 나는 덧문을 닫고 버러지같이 누었다

　　　　　　　　　　　　　　　　　　　—〈시기(柿崎)의 바다〉 부분

섬나라 어느 조그만 포구에서 겪은 이향의 고적함이 선명하다. "저녁상을 받은 가슴 앓는" 백석 자신과 "덧문을 닫고 버러지같이" 누운 "해쓱한 처녀" "병인", 둘 사이 동일시를 빌려 그 점을 그려낸다. 소외되고 버려진 현실로 기울어진 백석의 눈길이 뚜렷하다. 이른바 제국의 젊은이들과 맞

서 뛰어난 외국어 솜씨를 뽐낼 수 있었던 식민지 젊은이였건만 백석의 마음 바닥엔 "눈물"겨운 상실감이 흥건했다.

장소 복원과 구체적인 아름다움

백석이 고향 정주를 떠나 4년에 걸친 유학을 마치고 서울로 돌아온 때가 1934년이다. 헌칠한 청년으로 자라난 백석은 자신의 유학에 도움을 주었던 《조선일보》 기자로 일하면서 문단 교유(交遊)를 넓혔다. 1936년 첫 시집 《사슴》을 100부 호화판으로 냈을 때, 백석은 이미 이채를 띤 젊은 개성파 시인으로 눈길을 끌었다. 그러다 홀연 함흥 영생고보로 내려가 교육자로 두 해를 머문다. 1938년에는 다시 서울로 올라왔다.

백석의 문학 생애에서 가장 화려하면서도 빛나는 활동이 이루어졌던 무렵이다. 아울러 민족 고유의 토착 장소와 동일성 공간에 대한 인식이 더욱 넓어지고 깊어진 시기다. 고향 정주에서부터 비롯된 바, 실존적 중심 장소를 얻기 위한 노력을 평안도로 함경도로, 남쪽 통영으로 옮겨가면서 곳곳에서 거듭했다. 제국주의 식민화에 따른 장소 파괴 아래서 끈질긴 장소 사랑으로 토착적 민족 현실의 복원을 힘껏 궁리했던 시절이다.

① 푸른 바닷가의 하이얀 하이얀 길이다

(…)

이 길이다

얼마 가서 감로(甘露) 같은 물이 솟는 마을 하이얀 회담벽에 옛적본의 쟁반시계를 걸어놓은 집 홀어미와 사는 물새 같은 외딸의 혼삿말이 아지랑이같이 낀 곳은

—〈남향(南鄕)— 물닭의 소리 4〉부분

② 북관(北關)에 계집은 튼튼하다

북관(北關)에 계집은 아름답다
아름답고 튼튼한 계집은 있어서
흰 저고리에 붉은 깃동을 달어
검정치마에 받쳐입은 것은
나의 꼭 하나 즐거운 꿈이였드니
어느 아침 계집은
머리에 무거운 동이를 이고
손에 어린것의 손을 끌고
가펴러운 언덕길을
숨이 차서 올라갔다
나는 한종일 서러웠다

─〈절망〉 전문

③ 여인숙이라도 국수집이다
메밀가루 포대가 그득하니 쌓인 웃간은 들믄들믄 더웁기도 하다
나는 낡은 국수분틀과 그즈런히 나가 누어서
구석에 데굴데굴하는 목침(木枕)들을 베여보며
이 산골에 들어와서 이 목침들에 새까마니 때를 올리고 간 사람들을 생각한다
그 사람들의 얼굴과 생업과 마음들을 생각해 본다.

─〈산숙(山宿)─산중음(山中吟) 1〉 전문

백석이 나아갔던 장소사랑의 방법이 잘 드러나는 시들이다. 백석과 처음 "혼삿말"이 오갔던 이는 통영 출신 박경련이다. ①에서 "홀어미와 사는 물새 같은 외딸"로 표현된 처녀다. 그녀에 대한 실연의 아픔을 떠올리고 있는 시가 ①이다. 백석을 지나쳤던 사랑과 이별, 그리고 몇 차례 거듭된

여성 편력은 어쩌면 든든한 친밀장소를 얻기 위한 노력 가운데 하나는 아니었을까. 백석이 '란'이라 일컬었던 박경련이나 '자야'와 같은 여자는 온 마음으로 깃들고 싶었을 굳건한 장소의 다른 모습일 수 있다는 뜻이다.

②는 백석이 기울인 장소 사랑의 너비를 잘 보여준다. 여자는 "무거운 동이를" 인 채 "어린것의 손을 끌고" 가파른 "언덕길을" "숨이 차서" 올라가고 있다. 그 여자가 터 잡고 있는 "북관"은 민족의 이지러진 장소 현실을 고스란히 대변한다. 모든 이들이 "아름답고 튼튼"하며 의식주 모자람 없을 삶의 자리가 백석에게는 "꼭 하나 즐거운 꿈"이었다. 그러나 현실은 그것을 꿈으로만 남게 한다. 백석을 "한종일" 서럽게 만드는 식민지 예속 현실은 한결같이 강고하다. 더럽혀지지 않은 중심장소를 확보하고 그것을 되살리기 위한 백석의 노력 또한 그에 맞서 더욱 단단해진다. 그리고 그것은 구체적인 아름다움이라 이름 붙일 만한 세 길로 모인다.

첫째, 명명의 구체성이다. 인명·지명·동식물명·음식명에 이르기까지 백석 시에 두루 보이는 고유명사의 넘쳐나는 듯한 쓰임은 우리 근대시의 가장 이채로운 부분이다. 무엇보다 고유하고도 개별적인 이름으로 호명된 그 대상에 대한 구체적이고도 친숙한 앎을 전제로 삼은 일이다. 이러한 고유명사의 단호한 쓰임은 백석이 복원하고자 하는 장소를 식민주의자들에게 매우 낯설고 쉬 다가설 수 없을 세계로 만든다.

둘째, 체험의 구체성이다. 백석 시에 나타나는 주도 정서는 유년기적 두려움과 한껏 만족스런 즐거움, 알맞게 다듬어진 절망과 슬픔이다. 그리고 그것은 기물 상상력, 또는 민속 상상력이라 할 만큼 구체적이고도 세부적인 가재도구나 사물, 또는 전통 의례 사이사이로 뿜겨져 나온다. ③은 그 점을 잘 보여준다. "여인숙이라도 국수집"인 "산골"의 한 집 안 장소다. "메밀가루 포대"와 "낡은 국수분틀" 그리고 "데굴데굴하는 목침(木枕)들"이 화해롭다. 그들을 빌려 "산골"까지 "들어와서" 머물렀을 "사람들의 얼굴과 생업과 마음들을" 속속들이 떠올리는 백석의 눈길은 섬세하고도 넉

넉하다. 백석의 장소 복원이 제국주의 식민지 하부의 민속 현실과 민족 구성원의 삶자리에 든든하게 터 잡고 있음을 일깨워주는 시다.

셋째, 말씨의 구체성이다. 백석 시에 나타나는 장소 복원의 노력은 지역말에 대한 집착과 독특한 어법으로 말미암아 더욱 힘을 얻는다. 구체적인 지역성과 장소에 뿌리내린 말이 지역어다. 거기다 반복과 병렬, 줄임과 늘임, 그리고 서술과 묘사를 알맞게 섞어 엮는 독특한 말씨가 백석의 특장이다. 이 점은 그의 시를 줄글투이면서 싱싱하게 가락이 살고, 가락글이면서 현실의 서사적 세부를 놓치지 않도록 이끈다. 이러한 구체적인 나날살이의 말씨와 맞선 자리에 제국주의 식민자들의 권력언어 · 표준언어인 이른바 '국어(일본어)'가 있다. 그 무렵 여느 시인과 견줄 수 없을 정도로 높은 평북 지역어 쓰임의 강도와 빈도야말로 바로 이 맞섬이 매우 의도적인 것임을 알게 한다.

구체성의 미학이라 일컬을 만큼 울림이 큰 장소사랑은 백석 문학의 가장 이채를 띠는 모습이다. 그로 말미암아 속속들이 되살려낸 민속 현실과 장소 체험은 제국주의 식민주의자들이 쉽게 손댈 수 없는 것이다. 백석이 마련하는 구체적인 아름다움에는 제국주의 식민주의자들과 기능적으로 맞서기 위한 고심이 오롯이 담겨 있는 셈이다. 그러나 저들의 폭력은 더욱 강고해지기만 했다. 식민지 예속문화의 중심인 서울(경성)에 더 머물 수 없었던 백석이다. 식민주의자들이 대륙침략전쟁의 성공을 위해 이른바 '국민정신총동원운동'을 저지르고 있을 때다. 맑고 순결한 마음으로 제 삶터를 지키며 살고 싶었을 시인은 다시 이향의 길을 좇았다.

백석이 서울과 함흥을 오가던 생활을 접고 중국 동북성, 우리 민족의 북방에 몸을 내려놓은 때는 1939년이다. 이른바 '오족협화'의 허울 좋은 난장이 이루어지고 있었던 곳이다. 백석의 장소사랑은 거기서 민족적 원형을 발견함으로써 깊이를 더한다. 그러면서 역설적으로 절망감 또한 더욱 깊어졌다.

이제는 참으로 이기지 못할 슬픔과 시름에 쫓겨

나는 나의 옛 한울로 땅으로–나의 태반(胎盤)으로 돌아왔으나

이미 해는 늙고 달은 파리하고 바람은 미치고 보래구름만 혼자 넋없이
떠도는데

아, 나의 조상은 형제는 일가친척은 정다운 이웃은 그리운 것은 사랑하
는 것은 우러르는 것은 나의 자랑은 나의 힘은 없다 바람과 물과 세월과
같이 지나가고 없다

— 〈북방(北方)에서–정현웅(鄭玄雄)에게〉 부분

백석의 절창 가운데 하나다. 북방이 백석에게 어떤 뜻을 지닌 장소였는
가가 잘 드러난다. 이리저리 바람 차가운 이방의 골목을 떠돌며 백석이
깨달은 것은 시간 저 아래 굳건한 밑바닥에 놓여 있는 민족의 "태반"이다.
그리고 그것을 되살릴 수 없을 현실에서 비롯된 새삼스러운 절망이다.
"나의 조상은 형제는 일가친척은 정다운 이웃은 그리운 것은 사랑하는 것
은 우러르는 것은 나의 자랑은 나의 힘은 없다 바람과 물과 세월과 같이
지나가고 없다"는 처절한 탄식이 일깨워주는 바다.

절망에도 품격이 있고 슬픔에도 가락이 있음을 보여주는 시다. 백석에
게 북방은 고향 정주의 환유다. 제국주의 수부인 서울(경성)의 식민문화를
벗어날 수 있는 한 가능성이었다. 그러나 북방은 웅혼했던 민족의 원형과
그것을 지켜내지 못한 당대 현실에 대한 절망, 게다가 그 속에서 더욱 사
소하게 가라앉아 있는 자신을 향한 슬픔이 켜켜로 누르는 자리였다. 장소
복원의 노력이 깊어지면 깊어질수록 장소 상실의 현실 또한 더욱 사나워
졌던 셈이다.

장소 창조의 꿈과 좌절

1945년 을유광복이 개인 백석에게 안긴 혼란은 매우 컸을 것이다. 그는 월남하지 않았다. 월남할 까닭이 없었다. 그러나 북에서 그는 주류 문학인으로 올라서기 힘들었다. 나라 잃은 시기의 투쟁 경력과 정치적 파당성이 중요했던 초창기 북한 문학사회다. 백석은 러시아어를 잘하는 재주 있는 번역가 가운데 한 사람이었을 따름이다. 게다가 민족주의자 조만식의 비서를 지냈다. 무엇보다 그는 근대적 제도의 획일화에 맞서고자 했던 지역주의자가 아니었던가.

백석이 1950년 6·25 전쟁을 거친 뒤부터 북한 사회주의 전개 과정에서 스스로 몸을 낮출 수밖에 없었음은 능히 짐작할 수 있는 일이다. 〈동화문학의 발전을 위하여〉를 비롯한 아동문학 평론을 발표하고, 《문학신문》의 편집위원으로 활동하기 시작한 때가 1956년이다. 1957년에는 동화시집 《집게네 네 형제》를 펴내고 힘을 얻었다. 그러나 이어진 아동문학 논쟁으로 자아비판을 거치게 된다. 1959년 삼수군 관평리의 국영협동조합으로 내려갈 수밖에 없었다. 그리고 그 자리에 아래와 같은 시가 놓인다.

> 먹고 사는 시름 없이 행복하며
> 그 마음들 이대도록 평안하구나.
> 새로운 둥지의 사랑에 취하였으매
> 그 마음들 이대도록 즐거웁구나
>
> ─〈동식당〉 부분

이때까지는 문학에 대한, 새로운 세상에 대한 믿음을 버리지 않았다. 민족 구성원들이 뜻 맞추고 마음 맞추어가면서 한 피붙이처럼 "둥지의 사랑에" 취해 살아가는 장소의 창조, 백석은 그것을 거듭 꿈꾸고 있었는지 모른다. 그러나 북한사회는 섬나라 제국주의와는 또 다른 전체주의 공간이었을 따름이다.

이 속에서 지역의 개별성과 장소의 구체성에 뿌리를 내리고자 했던 백석이 자리 잡기란 어려웠겠다. 백석이 자신의 본령인 시에서 몸을 빼 번역과 아동문학으로 변화의 계기를 찾으려 했던 것은 충분히 이해할 만한 일이다. 북한 사회주의 건설의 길에서 그의 몸놀림은 불편하고 조심스러웠다. 오래도록 평양에서 멀리 밀려난 변두리 골짝에서 생계를 걱정하며 백석은 새로운 장소 창조와 재창조의 가능성을 접어야 했던 것이다.

그의 삶과 문학이 우리 문학사회에서 복권된 것은 이동순이 공력을 쏟아 마련한 《백석 시 전집》(1987)부터다. 그 뒤 그에 대한 관심은 높아만 갔다. 그의 시가 지닌 유별난 장소사랑과 구체적인 아름다움은 놀라운 개성으로 사람들의 눈을 빼앗고 찬사를 이끌어냈다. 어느덧 남쪽에서는 김소월·한용운·이육사·윤동주와 비슷한 높이로 그의 시가 올라선 듯싶다. 자본주의 저작권료의 부담에서 자유로운 그의 작품집이 거듭 나오고 있던 1995년, 백석은 83세로 쓸쓸히 숨을 거둔 것으로 알려진다.

이름 없는 한 늙은이로서 "개구리네 한솥밥" 행복하게 먹는 꿈을 오래도록 접고 살았던 것일까. 백석은 뜻 맞고 마음 맞는 이들끼리 "먹고 사는 시름" 없는 장소를 이 세상 어느 곳에 가꾸며 살고 싶은 꿈을 버리지 않았을지 모른다. 그리고 그 꿈은 21세기를 숨차게 나아가고 있는 오늘날 우리 앞에 새로운 생명 사랑의 첫 체험으로 신선하게 놓여 있다.

장소사랑으로 되살려낸 토속정서

백석은 개성적이며 뜻 깊은 시인이다. 그는 제국주의 식민 책략에 의한 지역 파괴와 장소 상실로 산란했던 나라 잃은 시대, 끈질긴 장소사랑으로 우리의 토착 민속 세계를 속속들이 되살려내는 일로 한결같았다. 그의 시에 나타나는 구체적인 아름다움은 제국주의 식민문화의 폭압에 그들이 손댈 수 없을 민족문화로 맞서려는 옹골찬 노력의 결과다. 그러나 장소 발견에서 장소 복원으로, 다시 장소 창조로 나아가고자 했던 백석의 드라마는 행복한 마무리에 이르지 못했다. 북한 전체주의 사회는 일찌감치 그를 버렸다. 남한에서도 잊혀지기는 마찬가지였다.

1912년에 태어나 한 세기가 거의 저물던 1995년까지, 83년 동안 한 개인으로서 누린 백석의 삶은 매우 가파르고 불행했다. 그러나 한 시인으로서 힘차게 펼쳐 보인 장소사랑과 구체적인 아름다움은 지역 발견과 장소 재창조를 부추기며 우리 앞에 새로운 지리학적 신생의 전망을 제시하고 있다. 백석의 문학은 근대 성찰과 후기 근대의 첫 자리에 아름답게 놓여 있는 셈이다. 이런 점에서 뒤늦은 일이나 시인으로서 백석의 삶은 매우 행복한 바 있다. 백석, 그는 어느새 우리 겨레를 대표하는 시인의 반열에 성큼 올라섰다.

찾아보기

| ㄱ |

가느슥히: 가느스름하게, 희미하게.(p77)

가들거리다: 버릇없이 경망스럽게 잘난 체하다.(p194, 196, 199, 201)

가량가량하다: 그렁그렁하다.(p78)

가무락조개: 가무래기. 모시조개.(p104)

가무래기: 새까맣고 동그란 조개.(p100, 104)

가수내: 여자 아이.(p74)

가얌: 개암.(p115)

가웃: 수량을 나타내는 표현에 붙여 절반 정도의 분량을 뜻하는 단어.(p256)

가제: 방금. 막.(p49)

가파럽다: 가파르다.(p93)

각시: 한복을 입고 머리를 뒤로 땋은 여자 인형.(p254)

갈부던: 갈잎으로 만든 장신구.(p63)

갑피기: 이질 증세로 곱똥이 나오는 배앓이 병.(p27)

갓갓다: 가깝다.(p68)

갓사둔: 새 사돈.(p24)

갓신창: 옛날의 소가죽으로 만든 신의 밑창.(p24)

개니빠디: 개이빨.(p24)

개장취념: 개장추렴(出斂). 각자 돈을 내어 개장국을 끓여 먹는 것.(p140)

개지꽃: 나팔꽃(p84)

개포: 강물이나 바닷물이 드나드는 곳.(p128)

객고: 객고(客苦). 객지에서 고생을 겪음. 또는 그 고생.(p134)

갤쭉하다: 걀쭉하다. 보기 좋을 정도로 조금 길다.(p116)

건반밥: 건반(乾飯). 지에밥. 잔치 때 쓰는 약밥.(p75)

건시(乾柿): 곶감.(p74)

게루기: 게로기. 초롱꽃과의 여러해살이 풀.(p137)

게사니: 거위.(p106, 107, 121)

고당: 고장.(p68)

고무: 고모. 아버지의 누이.(p22, 26, 109)

고방: 광의 원말. 고방(庫房).(p19, 94, 124, 136, 139, 254)

고아내다: 떠들어대다.(p106)

고조곤히: 고요히.(p90)

고추무거리: 고추를 빻아 체에 쳐서 가루를 빼고 남은 찌꺼기.(p77)

곱새냉: 용마름. 초가의 용마루나 토담 위에 덮는, 짚을 틀어 지네 모양으로 엮은 이엉.(p139)

곱새담: 풀이나 짚으로 엮어서 만든 담.(p27, 254, 255)

공양주: 절에 시주하는 사람. 또는 절에서 밥을 짓는 일을 주로 하는 사람.(p79)

광대념이: 앞으로 온몸을 굴리며 노는 것. (p26)

광살구: 너무 익어 저절로 떨어지게 된 살구. (p21)

광지보: 광주리 보자기.(p140)

구덕살이: 구더기.(p106)

구붓하다: 몸을 구부정하게 하다.(p84)

구신간시렁: 걸립 귀신을 모셔놓은 시렁. 집집마다 대청 들보 위 한구석에 조그마한 선반을 매어
놓고 위하였음.(p20)

구신집: 귀신이 있는 집. 무당집.(p20)

국수당: 마을의 수호신을 모신 집. 서낭당. (p57, 106, 254)

굴대장군: 굴때장군. 굴뚝을 지키는 신.(p139)

굴통: 굴뚝.(p139, 255)

귀애하다: 내리읽다.(p136)

귀이리: 귀리.(p111, 115)

그느슥하다: 몸이 야위고 허약해 보이다. (p36, 79)

그물그물: 가물가물.(p137)

금덤판: 수공업적 방식으로 작업하던 금광의 일터. 금점판.(p48)

기드렁하다: 길쭉하게 늘어뜨리다.(p140)

기르매: 길마. 짐을 싣거나 수레를 끌기 위해 소의 등에 얹는 안장.(p76)

기와골: 기왓골. 기왓고랑. 기와지붕에서 수키와와 수키와 사이에 빗물이 잘 흘러내리도록 골이
진 부분.(p94)

길동: 저고리나 웃옷의 목둘레에 둘러대는 색동.(p82, 93)

김치가재미: 한겨울 김치를 보관하는 곳. (p95, 126)

깃: 각기 앞으로 돌아오는 몫.(p103)

깽제미: 꽹과리.(p20)

껍지: 껍질.(p56)

껑추렁하다: 겅둥하다. 아랫도리가 너무 드러날 정도로 입은 옷이 짧다.(p140)

께우다: 꿰다. 끼우다.(p58)

꼬둘채댕기: 가늘고 길게 만든, 빳빳하게 꼬드러진 감촉의 댕기.(p140)

끼밀다: 어떤 물건을 끼고 앉아 얼굴을 들이밀고 자세히 보다.(p77)

끼애리: 꾸러미. 짚으로 길게 묶어 동인 것. (p106)

▮ ㄴ ▮

나물매: 나물과 메(밥).(p57)

나비수염: 양쪽으로 갈라 위로 꼬부라지게 한 콧수염.(p94)

나이금: 나이테.(p98)

나조반: 나좃대(갈대나 새나무를 한자쯤 잘라 묶어, 기름을 붓고 붉은 종이로 싸서 초처럼 불을 켜는 물건. 혼인의식 때에 신부 집에서 쏨)를 받치어 놓은 쟁반.(p80)

나주볕: 저녁 햇볕.(p130, 132)

나줏손: 저녁 무렵.(p143)

날기멍석: 벼 · 조 · 수수 등의 곡식을 널어 말릴 때 밑자리로 까는 멍석.(p26)

남길동: 남색 저고리 깃동.(p82)

낫대들다: 맞서서 달려들듯 곧장 앞으로 나아가다.(p74)

낮배: 낮 때. 한낮 무렵.(p95)

내빌날: 납일(臘日). 납일(臘日). 한햇동안 지은 농사 형편과 그 밖의 일을 여러 신에게 고하며 제사 지내는 날.(p27)

내임을 내다: 배웅하다.(p114)

냇내: 연기의 냄새.(p253)

너들씨다: 한가하게 천천히 왔다갔다 하며 맴돌다.(p106)

너슬너슬: 너절너절. 굵고 긴, 부드러운 털 따위가 성기게 엉킨 모양.(p78)

너울쪽: 너울면사포.(p24)

넘너른히: 이리저리 흩어서 널브러뜨려 놓은 모습.(p94)

넘석하다: 목을 길게 빼고 넘겨다보다.(p78)

네날백이: 세로줄을 네 가닥 날로 짠 짚신. (p140)

녀귀: 여귀(癘鬼). 돌림병으로 죽은 사람의 귀신. 제사를 받지 못하는 귀신.(p57)

녕: 이엉. 초가집의 지붕이나 담을 이기 짚이나 새 따위로 물건.(p69)

노(盧)장에 영감: 노씨 성을 가진 장돌림 노인.(p71)

노나리꾼: 소를 밀도살하는 사람.(p26)

노큰마니: 노(老)할머니.(p106, 107)

놀다: 높은 압력으로 솥뚜껑이 들썩들썩하다.(p26)

농마루: 천장.(p79)

누긋하다: 물건이나 성질이 성마르지 않고 여유롭다.(p58, 96)

누긋하다: 눅눅하다.(p142)

누방: 다락방.(p254)

눈세기물: 눈이 녹아서 섞인 물.(p27)

눈숡: 눈시울.(p57)

느꾸다: 느껍다. 무엇에 대한 느낌으로 가슴이 사무쳐 마음에 겹다.(p134)

능당: 그늘. 응달.(p104)

니차떡: 인절미.(p26)

닌함박: 이남박. 안쪽에 여러 줄로 고랑이 지게 돌려 파놓은 함지박. 쌀 등을 일 때 쓰인다.(p99)

ㅣ ㄷ ㅣ

다문다문: 드문드문. 띄엄띄엄.(p78)

달가불시다: 작은 몸집으로 격에 맞지 않게 자꾸 까불다.(p111)

달궤: 달구질. 달구로 집터나 땅을 단단히 다지는 일.(p51)

달재(달째): 달강어(達江魚). 성댓과에 속하는 바닷물고기.(p97, 166)

닭이짖올코: 닭의 깃털을 붙여 만든 올가미.(p70)

당등: 밤새도록 등불을 켜둠. 장등(長燈).(p85)

당세: 우리나라 전래음식의 하나. 쌀·좁쌀·보리·녹두 따위의 곡식을 물에 불려서 간 가루나 마른 메밀가루에 술을 조금 넣고 물을 부어 미음같이 쑨 것.(p21)

당조카: 장조카. 큰조카.(p107)

당즈깨: 고리. 고리버들의 가지나 대오리 따위를 엮어서 상자같이 만든 물건.(p20)

당콩: 강낭콩.(p78, 108, 109, 124)

대냥푼: 큰 양푼.(p27)

대멀머리: 대머리. 아무것도 쓰지 않은 맨머리.(p136)

대모풍잠: 대모풍잠(玳瑁風簪). 바다거북의 껍데기로 만든, 망건의 당 앞쪽에 다는 장식품.(p101)

댕추가루: 당초가루. 고춧가루.(p127)

덜거기: 수꿩.(p115, 138)

도고하다: 의연하다.(p116)

도락구: 트럭.(p82)

돌각담: 돌담.(p57, 68, 82)

돌능와집: 납작납작한 돌을 기와 대신 지붕에 올린 집.(p82, 115)

돌덜구: 돌절구.(p31)

돌물레: 칼, 도끼, 가위 등의 날을 벼리는 회전 숫돌.(p110)

돌우래: 말똥벌레나 땅강아지와 비슷하나 조금 더 큰 벌레.(p108, 122)

돗바늘: 매우 크고 굵은 바늘.(p113)

돗벌기: 돼지벌레. 잎벌레.(p125)

동둑: 못에 쌓는 큰 둑. 동독. 방죽.(p70)

동말랭이: 논에 물이 흘러 들어가는 도랑의 뚝.(p25)

동발: 툇마루나 좌판 밑에 받쳐 대는 짧은 기둥.(p219, 221, 222, 233, 234)

동비탈: 산비탈.(p25, 237)

동세: 동서(同壻). 시아주버니나 시동생의 아내.(p23)

되광대: 중국 광대.(p110)

되양금: 중국의 현악기.(p110)

두레방석: 도래방석. 짚으로 엮어 짠 둥그스름한 방석. 주로 곡식을 널어 말릴 때 쓴다.(p50)

두룽이: 도롱이. 짚이나 띠 따위로 엮어 허리나 어깨에 걸쳐 두르는 비옷(p130)

둑둑이: 많이. 한둑이는 10개를 뜻함.(p19)

둔덩: 두덩. 우묵하게 들어간 땅의 가장자리에 약간 두두룩한 곳.(p126)

둥구재비다: 둥구잡히다. 두멍잡히다. 다리를 꽁꽁 묶이어 물통처럼 들리다.(p67)

뒤우란: 뒷마당 울타리 안쪽.(p21, 94)

들망: 후릿그물. 바다나 큰 강물에 넓게 둘러치고 여러 사람이 두 끝을 끌어당겨 물고기를 잡는 그물.(p103)

들매나무: 산딸나무. 층층나뭇과의 낙엽 활엽 소교목.(p106)

들믄들믄: 곡식부대 따위가 윗목에 잔뜩 쌓인 농가에 군불을 과하게 넣었을 때 들쿠레한 냄새가 나면서도 정겨운 느낌.(p86)

들죽이: 들쭉. 들쭉나무의 열매.(p111)

들지고방: 외따로 지은, 들문만 나 있는 고방. (p136)

등거리: 저고리. (p78)

디겁: 질겁. (p139)

디운구신: 지운(地運)귀신. (p139)

딜옹배기: 질옹자배기. 아주 작은 자배기. (p142)

딥세기: 짚신. (p106)

따디기: 해토(解土) 무렵. 이른 봄 얼었던 흙이 풀리려고 할 무렵.(p70, 96)

따백이신: 고운 짚신. (p140)

땃불: 땅불. 화롯불. (p73)

때글다: 오래도록 땀과 때에 절다. (p128)

떡당이: 떡덩이. (p115)

또요: 도요새. (p101, 244)

뚜물: 뜨물. 곡식을 씻어내 부옇게 된 물. (p45)

뜯개조박: 뜯어진 헝겊조각. (p106)

띠쫗다: 치쪼다. 부리로 잇따라 쳐서 찍다. (p61)

ㅁ

마가리: 오막살이. (p90)

마가슬: 늦가을. (p115)

마눌: 마늘. (p85)

마당귀: 마당 가장자리. (p48, 75, 139)

마돗: 말과 돼지. (p124)

막베: 거친 베. (p78)

막써레기: 거칠게 썰어 놓은 엽연초. (p20)

막칼질: 거칠게 마구 썰어대는 칼질. (p77)

맏웃간: 가장 위쪽에 있는 방. (p254)

말꾼: 마부. (p61)

말쿠지: 말코지. 물건을 걸어 두는 나무 갈고리. (p19, 136)

매감탕: 엿을 고아내거나 메주를 쑤어낸 솥에 남아 있는 진한 갈색의 물. (p22)

매연지나다: 매연(媒緣)이 지나가다. 촌수가 떨어지다. 인연이 다하다. (p136)

매지: 망아지. (p25)

맨천: 온통. 사방.(p139)

맷방석: 매통이나 맷돌을 쓸 때 밑에 까는, 짚으로 만든 방석. 멍석보다 작고 둥글며 전이 있다.(p75)

머리오리: 머리카락.(p48)

먼바루: 먼발치.(p102)

멕이다: 고정되지 않고 움직이다.(p70, 126)

멱씨름: 서로 멱살을 잡고 싸우는 일.(p193)

모래장변: 긴 모래톱.(p99, 100)

모랭이: 함지 모양의 작은 목기.(p94)

모통고지: 모롱이. 산모퉁이의 휘어 둘린 곳.(p112)

몬지: 먼지.(p61)

몽둥발이: 손발이 불에 타버려 몸뚱아리만 남은 물건.(p24)

무감자: 고구마.(p31)

무르끓다: 음식 따위가 흐무러질 정도로 끓다.(p26)

무리돌: 무리(우박)처럼 한꺼번에 산중턱에서 굴러 떨어지는 자갈 많은 돌. 혹은 짤막한 노끈으로 만든 무릿매로 빙빙 휘둘러 던지는 잔돌.(p37, 94)

무새: 물감을 들인 빛깔.(p254)

무연하다: 아득히 넓다.(p38)

무이: 무.(p23, 60, 77, 128)

무이징게국: 민물새우에 무를 넣고 끓인 국. 쇠고기뭇국이란 견해도 있다.(p23)

문장: 문장(門長). 한 문중에서 항렬과 나이가 제일 위인 사람.(p24)

문주: 부침개 또는 빈대떡.(p140)

물외: 오이.(p109)

물팩치기: 무릎.(p140)

미역오리: 미역줄기.(p56)

｜ ㅂ ｜

바구지꽃: 박꽃.(p102, 129)

바람벽: 집 안의 안벽.(p79, 125, 128)

바리깨: 주발 뚜껑.(p23, 58)

바우 섶: 바위 옆.(p143)

박각시: 박각시나방.(p108)

박우물: 바가지로 물을 뜨는 얕은 우물.(p89)

반관: 반관(飯館). 음식점.(p134)

반굿히: 살짝.(p130)

반디젓: 밴댕이젓.(p22)

반붕: 제물로 쓰는 생선의 통칭.(p136)

밝다: '바르다'의 방언형. 껍질을 벗겨 속에 들어 있는 알맹이를 집어내다.(p19, 116)

방성: 방성(榜聲). 방꾼이 방을 전하려고 크게 외치는 소리.(p95)

밭최뚝: 밭두둑.(p124)

배채: 배추.(p138)

배척하다: 비린 맛이나 냄새가 나는 듯하다.(p77)

배낡: 배나무.(p94)

백재일치듯: 백차일(白遮日) 치듯. 흰옷을 입은 사람들이 많이 모인 모양을 이름.(p140)

벅작궁: 법석대는 모양.(p106)

벌개늪: 붉은 이끼가 덮여 있는 오래된 늪.(p57)

벌배: 야생 배.(p62)

벌불: 들불.(p109)

보득지근하다: 보드득거리다.(p94)

보래구름: 보랏빛 구름.(p119)

보십: 보습. 땅을 갈아 흙덩이를 일으키는 데 쓰는 농기구.(p67)

보탕: 몸을 보한다는 탕국.(p136)

보해: 자주. 쉴 사이 없이 분주하게.(p67)

복: 수리취, 땅버들 따위의 겉을 둘러싸고 있는 하얀 솜털.(p45)

복밥: 제사를 지낸 뒤에 둘러앉아 먹는 음복밥.(p254, 255)

복숭아낡: 복숭아 나무.(p31)

복장노루: 복작노루. 고라니. 사슴과에 딸린 동물로, 몸피가 작고 암수 모두 뿔이 나지 않는다.(p137)

복쪽제비: 복을 가져다준다는 족제비.(p94)

본: 본(本). 고향. 모습.(p42)

봉갓집: 본가집. 종가집.(p141)

뵈짜배기: 베 쪼가리.(p106)

부증: 부종(浮腫).(p57)

북덕불: 짚북데기(뭉텅이)를 태운 불.(p142)

불기: 불기(佛器). 부처에게 올릴 밥을 담는 놋그릇.(p79)

붕가집: 친구네 집.(p140, 141)

붕어곰: 붕어를 지지거나 구운 것.(p33)

비난수: 원혼을 달래주며 비는 말과 행위. (p57)

비멀이하다: 비머리하다. 비에 온몸이 젖다. (p112)

비얘고지: 제비가 지저귀는 소리.(p100)

뽈다구: 뺨의 한복판.(p130)

뿅뿅차: 기동차(汽動車). 동력원으로 석탄을 쓰지 않고, 전기나 석유·경유 따위를 사용하는 기차.(p111)

ㅅ

사기방등: 사기로 만든 방에서 켜는 등.(p23)

사리워오다: 담겨오다.(p126)

산국: 산모가 먹는 미역국.(p34)

산대: 산꼭대기.(p82)

산명에: 이무기.(p126)

산약: 마의 뿌리.(p46, 72)

산엣새: 산에 사는 새.(p126)

살기: 살쾡이.(p254)

살틀하다: 살뜰하다. 사랑하고 위하는 마음이 지극하다.(p96, 120, 127)

삼굿: 삼(大麻) 껍질을 벗기기 위해 쪄내는 일. (p62)

샷귀: 갈대를 엮어 만든 자리의 가장자리. (p26)

샷방: 샷자리를 깐 방.(p127)

상나들이옷: 가장 좋은 나들이옷.(p140)

상사말: 야생마.(p106)

새꾼: 나무꾼.(p37)

새끼달은치: 새끼바구니. 새끼줄을 엮어서 만든, 끈이 달린 바구니.(p70)

새끼락: 커지며 나오는 손톱, 발톱.(p67)

새하다: 새하다. 땔나무를 하다.(p25)

샛더미: 땔감더미.(p60)

석박디: 섞박지.(p85)

석상디기: 석섬지기.(p124)

선장: 이른 장.(p35)

섭누에번디: 산누에의 번데기.(p110)

성궁미: 성미(誠米). 부처에게 바치는 쌀.(p79)

섶구슬: 높은 산의 골짜기나 등성이에 열려 있는 구슬댕댕이나무의 작은 열매.(p37)

섶벌: 울타리 옆에 놓아 치는 재래종 꿀벌. (p48)

세괏다: 매우 억세고 날카롭다.(p80)

세불: 세 번.(p140)

센개: 털빛이 흰 개.(p106)

소라방등: 소라껍질로 만든, 방에서 켜는 등잔.(p56)

소리개: 솔개.(p80)

소뿔등잔: 속을 파낸 쇠뿔을 거꾸로 세워 기름을 담아 켜는 등잔.(p95)

소솜다: 성글게 엮거나 짜다.(p106)

소시랑: 쇠스랑.(p67)

소의연: 소의 병을 침술로 낫게 해주던 사람.(p71)

손방아: 디딜방아.(p69)

솔쐐기: 송충이.(p254)

송구떡: 송기(松肌)떡. 소나무의 속껍질을 멥쌀가루에 섞어 반죽하여 만든 떡. 송기병(松肌餠), 송지병(松脂餠).(p19, 22, 140)

쇠드랑볕: 쇠스랑 볕. 쇠스랑 형태의 창살로 들어와 실내에 비치는 볕.(p67)

쇠든밤: 말라서 새들새들해진 밤.(p26)

쇠리쇠리하다: 눈이 부시다.(p84, 91, 125)

쇠매: 묵직하고 둥그스름한 쇠토막에 자루를 박아 무엇을 치거나 박을 때 쓰는 물건.(p20)

쇠주푀적삼: 중국 소주(蘇州)에서 생산된 고급 명주실로 짠 적삼.(p140)

쇳스럽다: 카랑카랑하다.(p94)

수무나무(수무낡): 느릅나무과에 속하는 낙엽 활엽 교목. 산기슭 양지 및 개울가에.(p57, 106)

수영: 수양(收養). 데려다 기른 자식.(p20)

수잠: 선잠. 깊이 들지 못하거나 흡족하게 이루지 못한 잠.(p254)

숙변: 숙지황(熟地黃). 한약재의 한 가지.(p72)

숨굴막질: 숨바꼭질.(p22)

숭가리: 숭가리(Sungari). 송화강.(p118)

쉬영꽃: 수영꽃. 마디풀과의 여러해살이 풀.(p137)

쉬찰밥: 찰수수밥.(p154, 156)

스스로웁다: 자연스럽다.(p130)

시라리타래: 시래기를 길게 엮어 놓은 타래. (p31)

시악: 시악(恃惡). 마음속에서 공연히 생기는 심술.(p25)

시울다: 환하게 눈이 부시다.(p75, 115)

시펄하다: 시퍼렇다.(p110)

시허옇다: 새하얗다.(p256)

신똑: 신주를 넣는 독.(p136)

신영길: 혼례식에서 새신랑을 모시러 가는 행차.(p67)

신장님 단련: 귀신에게 받는 시달림.(p21)

싸개동당: 오줌이 마려워 발을 동동 구르는 일.(p109)

싸리갱이: 싸리나무의 마른 줄기.(p106)

싹다: 삭다. 긴장하거나 흥분한 마음이 가라앉다.(p49)

썩심하다: 목이 쉰 소리를 내다.(p130)

쏠론: 솔론(Solon). 남방 퉁구스족의 일파. (p118)

쓰렁쓰렁: 일을 건성으로 하는 모양.(p130)

씨굴씨굴: 시글시글. 수두룩하게 많이 들끓어 수선스러운 모양.(p94)

ㅇ

아랫두리: 아랫도리.(p130)

아르간: 아랫방.(p22)

아르굳: 아랫목.(p127)

아르대즘퍼리: 아래쪽에 있는 진창으로 된 펄(p21)

아즈까리: 아주까리. 피마자. 대극과의 일년생 식물로 씨는 기름을 짜는데 쓴다.(p59, 82, 95)

아즈내: 초저녁.(p58)

안간: 안방.(p22, 254)

앙광이: 앙괭이. 사람의 얼굴에 먹이나 검정으로 함부로 그려 놓는 일.(p130)

앙궁: 아궁이.(p27)

앞대: 남쪽 해안가.(p118, 128)

애동: 아이.(p126)

야기: 어린아이들이 억지를 쓰는 짓.(p106)

약자: 약재.(p78)

양금: 채로 줄을 쳐서 소리를 내는 현악기의 하나.(p99)

양지귀: 햇살 바른 가장자리.(p46, 126)

어니메: 어느 곳에.(p95, 112)

어득시근하다: 어두컴컴하다.(p136)

억병: 매우 많이.(p134)

얼린하지 않다: 얼씬도 하지 않다. 한 마리도 나타나지 않다.(p75)

얼혼이 나다: 정신이 나가 멍해지다.(p139)

엄신: 엄짚신. 상제가 초상 때부터 졸곡 때까지 신는 짚신. 총을 드문드문 따고 흰 종이로 총 돌기를 감았다.(p106)

엄지: 짐승의 어미.(p25, 33)

엇송아지: 아직 큰 소가 되지 못한 송아지. (p106)

여름: 열매.(p26)

연자간: 연자맷간. 연자매(연자방아)를 차려 놓은 방앗간.(p67, 139)

연자당구신: 연자간을 다스리는 귀신.(p139)

열두 데석님: 열두 제석(帝釋). 무당이 섬기는 가신제(家臣祭)의 대상인 열두 신. 한 집안 사람들의 수명, 화복에 관한 일을 맡아본다고 한다.(p136)

영동: 기둥과 마룻대를 아울러 이르는 말.(p106)

예데가리밭: 산 꼭대기에 있는 비탈밭.(p126)

옛적본: 옛날 분위기.(p83, 101)

오구작작: 여러 사람이 뒤섞여 떠드는 수선스런 모양.(p69)

오뎅이: 불가사리.(p149, 152)

오도독이: 오도도기. 불꽃놀이에 쓰는 딱총의 하나. 화약 심지에 불을 붙이면 터지는 소리를 내면서 불꽃이 떨어진다.(p135)

오력: 오금. 무릎이 구부러지는 안쪽의 오목한 부분.(p139)

오로촌: 오로촌(Orodhon). 레나강 동쪽 지류 소흥안령에 사는 퉁구스계의 한 종족. (p118)

오리치: 동그란 갈고리 모양으로 된, 오리를 잡는 사냥도구.(p22, 25)

오쟁이: 짚으로 엮어 만든 작은 섬.(p106)

오조: 일찍 익는 조.(p191, 192, 193, 194, 195)

오지항아리: 오짓물을 발라 만든 항아리. (p19, 60)

옹패기: 옹자배기.(p254)

왕구새자리: 왕골자리. 왕골기직. 왕골을 굵게 조개어 엮은 자리.(p58)

외양맹건: 오얏망건. 망건을 눌러쓴 품이 오얏꽃같이 단정하다는 데서 온 말.(p136)

우두머니: 우두커니.(p111, 237)

우을거리다: 우글거리다.(p124)

욱실욱실: 득시글득시글. 사람이나 짐승 따위가 떼로 모여 어수선하게 들끓는 모양. (p106)

울파주: 울바자. 대, 갈대, 수수깡, 싸리 따위를 발처럼 엮거나 걸어서 만든 울타리. (p33, 122)

웃간: 윗방.(p23, 86, 254)

웃동: 윗도리.(p130)

웃즐대다: 우쭐대다.(p104)

유종: 놋그릇으로 만든 종발.(p79)

육보름: 음력으로 매월 열엿샛날.(p253, 254)

은댕이: 언저리.(p126)

이스라치: 산앵두.(p45)

이즈막하야: 밤이 꽤 깊어.(p128)

임금낡: 능금(사과)나무.(p60)

임내: 흉내.(p19, 122)

ㅈ

자개짚세기: 작은 조개껍데기를 주워 짚신에 가득 담아둔 것.(p102)

자갯돌: 자갈돌.(p112)

자구나무: 자귀나무. 콩과의 낙엽 활엽 소교목.(p78)

자류(柘榴): 석류(石榴).(p46)

자박수염: 끝이 비틀리면서 아래로 잦혀진 콧수염.(p79)

자벌기: 자벌레.(p44)

자즌닭: 자주 우는 새벽 닭.(p35)

자즐어붙다: 자지러붙다. 몹시 놀라 몸을 움츠려 숨는 것.(p26)

자지고름: 자줏빛 고름.(p140)

자채기: 재채기.(p126)

작은마누래: 작은마마. 수두. 홍역.(p106)

잘망하다: 얄밉다.(p109)

잠방둥에: 잠방이로 된 속곳. 농민들이 여름철에 흔히 입는 옷.(p78)

잔풍 날씨: 바람이 잔잔하게 부는 날씨.(p97)

잔풍하다: 잔풍(殘風)하다. 잔잔한 바람이 살랑살랑 부는 듯하다.(p82)

잔고기: 잔고기. 피라미나 송사리 같이 몸피가 작은 물고기.(p32)

잔글잔글하다: 몸을 간질이는 듯 햇살이 따듯하다.(p82, 124)

장뭇: 장날이 되어 장터 사람들이 와글와글 모여 붐비는 것.(p70)

재당: 서당의 주인. 향촌의 최고 어른.(p24)

재밤: 깊은 밤.(p26)

재밤중: 한밤중.(p109)

재통: 변소.(p94)

잿다리: 재래식 변소에 걸쳐놓은 두 개의 나무.(p94)

쟁변: 강변. 물가.(p112)

저녁술: 저녁밥. 저녁 숟가락.(p22)

정하다: 맑고 깨끗하다.(p22)

제물배: 제물(祭物)로 쓰는 배.(p106)

제주병: 제주병(祭酒瓶). 제사 때 쓰이는 술을 담아놓는 병.(p27)

조마구: 옛 설화 속에 키가 매우 작다는 난쟁이.(p26)

조아질, 쌤방이, 바리깨돌림, 호박떼기, 제비손이구손이: 아이들의 놀이 종류.(p23)

조앙님: 조왕. 부엌을 맡는다는 신. 늘 부엌에 있으면서 모든 길흉을 판단한다고 한다.(p79, 139)

좀말: 재래종 말.(p257)

종대: 꽃이나 나무 한가운데서 올라오는 줄기.(p106)

종아지물본: 세상물정. 종아지를 홍역을 불러 일으키는 귀신으로 해석해 '홍역으로 죽어나가는 까닭도 모르고' 라고 해석하기도 한다.(p106)

주락시: 주락시나방.(p108)

주룬히: 나란히.(p106)

주먹다시: 주먹을 거칠게 이르는 말.(p115)

줄등: 긴 줄에 잇따라 매달린 여러 개의 등. (p94)

쥔을 붙이었다: 주인을 붙이었다. 즉, '세를 살게 되었다' 는 뜻.(p142)

즘부러지다: 짓눌리다.(p124)

지게굳게: 고집스럽게.(p130)

지르트다: 망건 등을 쓸 때 뒤통수 쪽을 세게 눌러 망건 편자를 졸라 매다. 눈을 찌그려 힘껏 감다.(p136)

지중지중: 지중거리다. 곧장 나아가지 않고 한자리에서 지체하다.(p84)

진상항아리: 허름하고 보잘 것 없는 항아리.(p27)

진장: 진장(陳醬). 진간장.(p97)

진진초록: 아주 진한 초록색.(p114)

진할머니 진할아버지: 자기 본가(아버지 쪽)의 친할머니와 친할아버지.(p22)

질게: 반찬.(p106)

질들다: 길들다.(p33)

집난이: 출가한 딸.(p19)

집등색이: 짚등석. 짚이나 칡덩굴로 짜서 만든 자리.(p126)

집오래: 집의 울 안팎.(p21)

짝새: 뱁새. 붉은머리오목눈이.(p32, 129)

쨋쨋하다: 선명하다.(p111)

쩨듯하다: 환하다.(p26, 94, 254)

쪼다: 타 들어가다.(p59, 110)

쪼박: 조각.(p151)

쪽재피: 족제비.(p61)

ᄎ

차랍: 찰밥.(p115)

참대창: 참대나무의 가지를 뾰족하게 깎아서 만든 창.(p58)

창꽈쯔: 장쾌자(長掛子). 중국식 긴 저고리.(p110)

채국채국: 차곡차곡.(p94)

채매: 채마밭.(p124)

채일: 차일(遮日). 햇볕을 가리기 위해 치는 포장.(p67)

천두: 천도복숭아.(p26)

천상수(天上水): 빗물.(p31)

천진뙤치마: 중국 천진(天津)에서 생산된 고급 배로 만든 치마.(p140)

천희: 어촌에선 시집가지 않은 여자를 '천희'라 하였는데, 이 말에는 남자를 잡아먹는 여자라는

속뜻이 포함되어 있다.(p56, 102)

청능: 청랭(淸泠). 시원한 곳.(p106)

청대나무 말: 잎이 달린 푸른 대나무로 만든 말. 죽마(竹馬).(p101)

청밀: 청밀(淸蜜). 꿀.(p26)

청배: 청배나무의 열매.(p59)

청삿자리: 푸른 왕골로 짠 삿자리.(p98)

초시: 과거의 첫 시험. 또는 그 시험에 급제한 사람.(p24)

최방등 제사: 초복제(招福祭). 복을 부르기 위해 지내는 제사.(p136)

출출이: 뱁새.(p90)

춤: 침.(p106, 133)

츠다: 치우다.(p51)

치장감: 혼삿날 쓰이는 옷감.(p26)

치코: 올가미.(p95)

ㅋ

콩조개: 아주 작은 조개.(p99)

큰마누래: 큰마마. 손님마마. 천연두.(p106)

큰마니: 할머니.(p95, 126)

ㅌ

탄수: 식초.(p127)

택사: 택사과에 속하는 다년초로서 한약재로 쓰임.(p72)

탱: 탱(幀). 그림.(p57)

터알: 텃밭. 집의 울 안에 있는 밭.(p82)

털능구신: 철륜대감(鐵輪大監). 대추나무에 붙어 있다는 귀신.(p139)

텅납새: 처마의 안쪽 지붕.(p23)

토리개: 씨아. 목화의 씨를 빼는 기구.(p67)

토방돌: 섬돌. 집의 낙수 고랑 안쪽으로 돌려가며 놓은 돌.(p22)

튀겁: 겁.(p130)

튀튀새: 티티새. 지빠귀. 개똥지빠귀.(p115)

ㅍ

판데목: 경남 통영의 앞바다의 충무 운하가 뚫린 어름의 이름.(p74)

팔모알상: 테두리가 팔각으로 만들어진 소반.(p33)

팟중이: 팥중이. 메뚜깃과의 곤충.(p108)

팥을 깔이다: 멍석 위에 널어둔 팥을 이리저리 쓸어 모으거나 펴다. 여기서는 오줌 누는 소리에 비유함.(p57)

포족족하다: 빛깔이 고르지 않고 파르스름한 기운이 돈다.(p22)

풍구재: 풍구. 곡물에 섞인 쭉정이, 겨, 먼지 등을 날려서 제거하는 농기구.(p67)

피성하다: 피멍이 들다.(p57)

ㅎ

하누바람: 하늬바람. 서쪽에서 부는 바람.(p43)

하늑이다: 하느작거리다. 나뭇가지나 천 따위의 가늘고 긴 물체가 가볍게 흔들리는 모양.(p98)

하로진일: 하루종일.(p70)

하폄: 하품.(p79)

학실: 학슬(鶴膝)안경. 다리 가운데를 접었다 폈다 할 수 있게 만든 안경.(p91)

한겻: 하루의 1/4. 여섯 시간.(p112)

한끝나게: 한껏 할 수 있는 데까지.(p140)

한불: 상당히 많은 것들이 한 표면을 덮고 있는 상태.(p62, 108, 111)

합문: 합문(闔門). 귀신이 제삿밥을 먹을 때 문을 닫거나 병풍으로 가려두는 일.(p136)

항나적삼: 항라적삼. 명주, 모시, 무명실로 짠 저고리. (p140)

항약: 악을 쓰며 대드는 것.(p106)

해발다: 양지바르다.(p75)

해정하다: 깨끗하고 맑다.(p80, 111)

햇강아지: 그해 새로 태어난 강아지.(p131)

햇귀: 햇발. 해가 처음 솟을 때의 빛.(p118)

햇츨방석: 햇칡방석.(p62)

향산: 묘향산.(p113)

허청: 헛청. 헛간으로 된 집채.(p254)

혀다: 켜다.(p122)

호궁: 중국 현악기의 하나.(p135)

호끈히: 후끈히.(p130)

호루기: 쭈꾸미와 비슷하게 생긴 해산물.(p68)

호주를 하니: 물기에 젖어 후줄근하게 되어(p140).

홍게닭: 새벽닭.(p23)

화디: 나무나 놋쇠 같은 것으로 촛대 비슷하게 만든 등잔을 얹어 놓는 기구.(p23)

화라지송침: 소나무 옆가지를 쳐서 칡덩굴이나 새끼줄로 묶어 놓은 땔감 다발.(p79)

화리서리: 마음을 놓고 네활개를 휘저으며 걸어가는 모습.(p139)

홰: 새벽에 닭이 올라앉은 나무막대를 치면서 우는 차례를 세는 단위.(p85)

홰냥닭: 홰에 올라앉은 닭.(p67)

홰즛하다: 어둑하니 호젓한 느낌이 들다. (p85)

회채리: 회초리.(p106)

후치: 훌칭이. 극젱이. 땅을 가는데 쓰는 농기구. 쟁기와 비슷하나 쟁깃술이 곧게 내려가고 보습 끝이 무디다.(p67)

흠향: 흠향(歆饗). 신이나 신령이 제물을 받거나 제사 음식의 향기를 맡는 것.(p136)

히근하다: 희뿌옇다.(p35)

히수무레하다: 희끄무레하다.(p127)

백석 연보

1912년	7월 1일 평안북도 정주군 갈산면 익석동 1013호에서 부친 백용삼과 모친 이봉우 사이에 장남으로 출생. 본명은 백기행.
1918년	오산소학교 입학. 남동생 협행 태어남.
1921년	남동생 상행 태어남.
1924년	오산고보 입학. 문학과 종교(불교)에 특히 관심이 많았음.
1925년	여동생 현숙 태어남.
1929년	오산고보 졸업.
1930년	《조선일보》 신년현상문예에 단편소설 〈그 모(母)와 아들〉 당선. 같은 정주 출신인 방응모가 사장으로 있던 《조선일보》의 장학생으로 선발되어 일본 동경의 청산학원에서 영문학을 공부함.
1931년	청산학원 교회에서 세례 받음.
1934년	청산학원을 우등으로 졸업. 졸업 후 귀국하여 《조선일보》 출판부에서 발행하는 여성지 《여성》에서 일함.
1935년	첫 창작 소설 《마을의 유화》를 6회 연재. 단편소설 〈닭을 채인 이야기〉 발표. 시 〈정주성〉으로 등단. 《조광》에서 편집자로 근무하며 수필 〈마포〉와 시 성격을 띤 산문 〈늙은 갈대의 독백〉 발표.
1936년	《사슴》을 100부 한정판으로 자비 출판. 〈편지〉·〈남행시초〉를 《조선일보》에 발표. 그 후 《조선일보》를 그만두고 함흥 영생고보에서 영어교사로 교편을 잡음. 수필 〈가재미 나귀〉 발표.
1937년	〈함주시초〉 발표.
1938년	《동아일보》에 수필 〈동해〉 발표. 영생고보 교사직을 사임하

	고 서울로 올라옴.
1939년	다시 《여성》지의 편집 일을 시작. 수필 〈입춘〉 발표. 그해 말 만주국의 수도인 신경으로 떠나 만주국 국무원 경제부에서 근무함.
1940년	《만선일보》에 〈슬픔과 진실〉·〈조선인과 요설〉 발표. 김소운에 의해 《젖빛구름》이라는 책에서 백석의 작품이 일역됨. 만주국 국무원 경제부를 사임하고 서울에 잠시 다녀감. 토머스 하디의 《테스》 번역.
1942년	안동세관에서 근무하며 러시아 작가 파이코프의 《식인호》·《초혼조》·《밀림유정》 등을 번역.
1943년	친구 그리다케 가쓰오가 발표한 《압록강》에 백석의 시가 실려 일본에서 높은 평가를 받음.
1945년	해방 후 신의주를 통해 고향으로 돌아옴.
1946년	고당 조만식 선생의 통역 비서로 일함.
1947년	러시아 작가 시모노프의 《낮과 밤》 번역.
1949년	러시아의 작가 숄로흐프의 《고요한 돈강》 번역.
1951년	중국 길림성에 체류.
1953년	러시아의 작가 파블렌코의 《행복》 번역.
1954년	《이사코프스키 시초》 번역.
1956년	산문 〈동화 문학의 발전을 위하여〉·〈나의 항의 나의 제의—아동 시와 관련하여, 아동 문학의 새 분야와 관련하여〉 발표.
1957년	동화시집 《집게네 네형제》 발표. 산문 〈큰 문제 작은 고찰〉 발표.
1958년	〈사회주의적 도덕에 대한 단상〉 발표.
1962년	북한의 문화계 전반에 내려진 복고주의에 대한 비판과 연관되어 창작 활동을 일절 중단함.
1995년	사망 추정.

작품 연보

《사슴》(1936. 1. 20)

가즈랑집 · · · · · · · · · · ·20
고방 · · · · · · · · · · · · · 19
광원(曠原) · · · · · · · · · 38
노루 · · · · · · · · · · · · 78
머루밤 · · · · · · · · · · · 47
모닥불 · · · · · · · · · · · 24
미명계(未明界) · · · · · · · · 35
산(山)비 · · · · · · · · · · 44
성외(城外) · · · · · · · · · 36
수라(修羅) · · · · · · · · · 49
시기(柿埼)의 바다 · · · · · · · 58
쓸쓸한 길 · · · · · · · · · 45
여승(女僧) · · · · · · · · · 48
오금덩이라는 곳 · · · · · · · 57
오리 망아지 토끼 · · · · · · · 25
자류(柘榴) · · · · · · · · · 46
적경(寂境) · · · · · · · · · 34
절간의 소 이야기 · · · · · · · 55
청시(青柿) · · · · · · · · · 43
초동일(初冬日) · · · · · · · · 31
추일산조(秋日山朝) · · · · · · · 37
하답(夏沓) · · · · · · · · · 32

《조광》

비 1935. 11. · · · · · · · · 50
주막(酒幕) 1935. 11. · · · · · · · · 33
여우난골족(族) 1935. 12. · · · · · 22
통영(統營) 1935. 12. · · · · · · 56
흰 밤 1935. 12. · · · · · · · 39
고야(古夜) 1936. 1. · · · · · · 26
삼방(三防) 1936. 1. 20 · · · · · 63
여우난골 1936. 1. 20 · · · · · 62
정문촌(旌門村) 1936. 1. 20 · · · · · · · 61

창의문외(彰義門外) 1936. 1. 20 · · · · · 60
오리 1936. 2. · · · · · · · · · · 70
연자간 1936. 3. · · · · · · · · · 67
북관(北關)—함주시초 1 1937. 10. · · · · 77
노루—함주시초 2 1937. 10. · · · · · 78
고사(古寺)—함주시초 3 1937. 10. · · · · 79
선우사(膳友辭)—함주시초 4 1937. 10. · · 80
산곡(山谷)—함주시초 5 1937. 10. · · · 82
가무래기의 낙(樂) 1938. 10. · · · · 104
삼호(三湖)—물닭의 소리 1 1938. 10. · · 98
물계리(物界里)—물닭의 소리 2 1938. 10. · 99
대산동(大山洞)—물닭의 소리 3 1938. 10. · 100
남향(南鄕)—물닭의소리 4 1938. 10. · · 101
야우소회(夜雨小懷)—물닭의 소리 5 1938. 10. 102
꼴뚜기—물닭의 소리 6 1938. 10. · · · · · 103
산숙(山宿)—산중음 1 1938. 3. · · · · · 86
향악(鄕樂)—산중음 2 1938. 3. · · · · · 87
야반(夜半)—산중음 3 1938. 3. · · · · · 88
백화(白樺)—산중음 4 1938. 3. · · · · · 89
귀농(歸農) 1941. 4. · · · · · · · · · 124

《조선일보》

정주성(定州城) 1935. 8. 31 · · · · · 59
통영(統營)—남행시초 1936. 1. 23 · · · · 68
편지 1936. 2. 21 · · · · · · · 253
창원도(昌原道)—남행시초 1 1936. 3. 5 · · · 73
통영(統營)—남행시초 2 1936. 3. 6 · · · 74
고성가도(固城街道)—남행시초 3 1936. 3. 7 · 75
삼천포(三千浦)—남행시초 4 1936. 3. 8 · · · 76
가재미 · 나귀 1936. 9. 3 · · · · · · · 256
소월(素月)과 조 선생(曺先生) 1939. 5. 1 · 258
안동(安東) 1939. 9. 13 · · · · · · · 110
구장로(球場路)—서행시초 1 1939. 11. 8 · · 112
북신(北新)—서행시초2 1939. 11. 9 · · · 113
팔원(八院)—서행시초3 1939. 11. 10 · · · 114
월림(月林)장—서행시초4 1939. 11. 11 · · · 115

《시와 소설》(1936. 3. 통권1호)
이두국주가도(伊豆國湊街道) · · · · · · · 83
탕약(湯藥) · · · · · · · · · · · · · · 72

《여성》
바다 1937. 10. · · · · · · · · · · · · 84
나와 나타샤와 흰 당나귀 1938. 3. · · · · 90
내가 생각하는 것은 1938. 4. · · · · · · 96
내가 이렇게 외면하고 1938. 5. · · · · · 97
멧새 소리 1938. 10. · · · · · · · · · 105

《삼천리문학》
추야일경(秋夜一景) 1938. 1. · · · · · 85
고향 1938. 4. · · · · · · · · · · · · 92
석양 1938. 4. · · · · · · · · · · · · 91
절망 1938. 4. · · · · · · · · · · · · 93

《현대조선문학선집》
개 1938. 4. · · · · · · · · · · · · · 95
외갓집 1938. 4. · · · · · · · · · · · 94

《문장》
넘언집 범 같은 노큰마니 1939. 4. · · · 106
동뇨부(童尿賦) 1939. 6. · · · · · · · 109
함남도안(咸南道安) 1939. 10. · · · · · 111
목구(木具) 1940. 2. · · · · · · · · · 136
북방(北方)에서 -정현웅(鄭玄雄)에게 1940. 7. · 118
허준(許俊) 1940. 11. · · · · · · · · · 120
국수 1941. 4. · · · · · · · · · · · · 126
촌에서 온 아이 1941. 4. · · · · · · · 130
흰 바람벽이 있어 1941. 4. · · · · · · 128
칠월백중 1948. 10. · · · · · · · · · 140

《조선문학독본》
박각시 오는 저녁 1938. · · · · · · · · 108

《인문평론》
수박씨, 호박씨 1940. 6. · · · · · · · 116
두보(杜甫)나 이백(李白)같이 1941. 4. · · 134
조당(澡塘)에서 132 1941. 4. · · · · · · 132

《호박꽃 초롱》(1941. 1.)
《호박꽃 초롱》 서시 · · · · · · · · · 122

《새한민보》
산(山) 1947. 11. · · · · · · · · · · · 137

《신천지》
적막강산 1947. 12. · · · · · · · · · · 138

《신세대》
마을은 맨천 구신이 돼서 1948. 5. · · · · 139

《학풍》
남신의주 유동 박시봉방(南新義州 柳洞 朴時逢方) 1948. 10. · · · · · · · · · · · · 142

《집게네 네 형제》(1957. 4.)
가재미와 넙치 · · · · · · · · · · · · 212
개구리네 한솥밥 · · · · · · · · · · · 168
귀머거리 너구리 · · · · · · · · · · · 183
나무 동무 일곱 동무 · · · · · · · · · 218
말똥굴이 · · · · · · · · · · · · · · 237
배꾼과 새 세 마리 · · · · · · · · · · 241
산골 총각 · · · · · · · · · · · · · · 191
어리석은 메기 · · · · · · · · · · · · 205
오징어와 검복 · · · · · · · · · · · · 158
준치 가시 · · · · · · · · · · · · · · 247
집게네 네 형제 · · · · · · · · · · · · 147
쫓기달래 · · · · · · · · · · · · · · 153

한국대표시인선집 백석

초판 1쇄 ─ 2005년 8월 15일
초판 3쇄 ─ 2013년 6월 25일

지은이 ─ 백 석
펴낸이 ─ 최 정 희
펴낸곳 ─ (주)문학사상
주 소 ─ 서울특별시 송파구 오금동 91번지(138-858)
등 록 ─ 1973년 3월 21일 제1-137호

편집부 ─ 3401-8543~4
영업부 ─ 3401-8540~2
팩시밀리 ─ 3401-8741~2
지로계좌 ─ 3006111
홈페이지 ─ www.munsa.co.kr
이메일 ─ munsa@munsa.co.kr

잘못 만들어진 책은 구입하신 서점이나
본사에서 바꾸어 드립니다.

책값은 표지 뒷면에 표시되어 있습니다.

ISBN 978-89-7012-698-2 04810
ISBN 978-89-7012-500-8(세트)